マタタビ侯爵の愛し方

政略結婚の旦那様なのに、不本意ながら「好き」が止まりません！

染椛あやる

JN110003

23279

角川ビーンズ文庫

CONTENTS

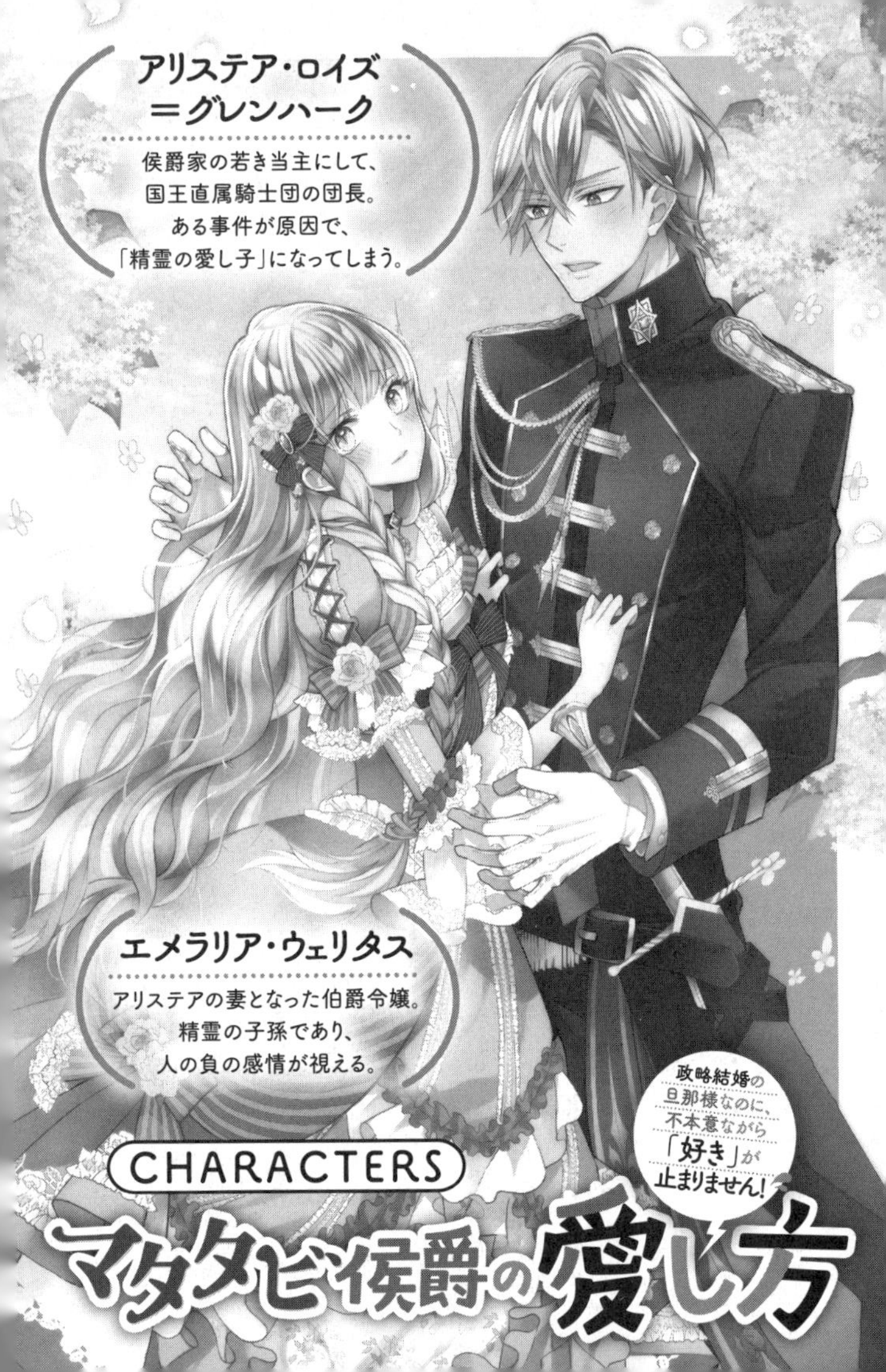
アリステア・ロイズ
＝グレンハーク
侯爵家の若き当主にして、
国王直属騎士団の団長。
ある事件が原因で、
「精霊の愛し子」になってしまう。
エメラリア・ウェリタス
アリステアの妻となった伯爵令嬢。
精霊の子孫であり、
人の負の感情が視える。
政略結婚の
旦那様なのに、
不本意ながら
「好き」が
止まりません！
CHARACTERS
マタタビ侯爵の愛し方

ヴィオ

エメラリアの兄で、
アリステアの友人かつ部下。
ふたりの結婚を取り持った。

ミルシェ

エメラリアが話し相手《コンパニオン》を務める王女。
猫のシシィと仲良し。

フェンリート

どこか浮き世離れしている
第二王子。ミルシェの兄。

本文イラスト／Shabon

「神の御前《みまえ》で例外などございません。私に遠慮《えんりょ》は不要です。──キス、してください」

エメラリアは、もうまもなく自身の夫となる男性にそう告げた。

そこに私情などはなかった。単純に神への誓《ちか》いを言葉と行動で示すのが、この国の式例だったからだ。

……だが、彼は静謐《せいひつ》な空気の満ちた大聖堂でエメラリアに跪《ひざまず》くと、手の甲《こう》へキスを落とした。本来なら唇《くちびる》への口付けが正しいにもかかわらず。

驚《おどろ》くエメラリアと、立ち上がった彼の視線がぶつかれば、優《やさ》しく微笑《ほほえ》まれる。

いったい、どうして。

正面を向いたあと横顔を盗《ぬす》み見ても、考えは読めないまま。

ただ、その行動が花束の下に隠《かく》していた手の震《ふる》えを、ぴたりと止めてしまったのは確かで。

きっと、このときが初めてだったと思う。

彼の心根を垣間《かいま》〈視《み》た〉のは──

【第一章】マタタビになった旦那様

　エメラリアの結婚《けっこん》は、政略に等しい、愛そっちのけの結婚だった。

　伯爵《はくしゃく》家の娘《むすめ》に産まれたからには自分もいつかは——そう幼少期から覚悟《かくご》を決めていたせいか、無駄《むだ》に分別のある性格だったせいか、そのときを迎《むか》えても存外驚きはなかった。

　夫となった人の名前は、アリステア・ロイズ＝グレンハーク。

　正直、エメラリアにはもったいないくらいの相手である。

　というのも、彼は若くして家督《かとく》を継《つ》ぎ、アルジェント侯爵《こうしゃく》とも名乗っているが、侯爵家は代々優秀《ゆうしゅう》な騎士《きし》を輩出《はいしゅつ》してきた名門で、世間でも知名度のある一族なのだ。むろん騎士としての才能は、アリステアも然《しか》り。ここレシュッドマリー王国には国王直属の騎士団が存在し、その団長を務めるのが彼だ。誠実な人柄《ひとがら》で陛下からの信頼《しんらい》も厚いと聞く。さらに絵に描《か》いたような金髪碧眼《きんぱつへきがん》の持ち主でもあり、女性からの人気も高かった。

　エメラリアもアリステアとは舞踏《ぶとう》会で何度か一緒《いっしょ》になり、恐《おそ》れ多くも踊《おど》ったことがある。運動神経はもとより、相手への気遣《きづか》いや距離《きょり》感《かん》、何をとってもさすがとしか言いようがなかった。非の打ちどころがない人物とは、まさに彼のことを指すのだろう。

……と。いわば、誰《だれ》もが憧《あこが》れる男性と縁《えん》あって結婚したのがおおよそ二十日前のことだ。

しかし、夫婦《ふうふ》としての時間を過ごしたのは一日にも満たない。

それは、式を挙げた夜に遡《さかのぼ》る。


「エメラリア」

「何でしょうか？　旦那様」

「結婚早々申し訳ないが、明日《あした》から仕事でしばらく留守にする」

「はい。伺《うかが》いました」

「早朝に発《た》つから見送りは必要ない。留守中、困ったことがあれば家令のジャディスを頼《たよ》ってくれ。たいていのことは解決できると思う」

「はい。そういたします」

「お前も疲《つか》れてるだろう。今日はもう休むといい」

「はい。お気遣いありがとうございます。おやすみなさいませ」

「ああ、おやすみ」

このいささか淡白《たんぱく》な会話が、新婚夫婦であるふたりの初夜の全貌《ぜんぼう》だ。

ともあれ結婚した以上は、彼のような立派な人の妻らしく、自分の役目をしっかりと果たすつもりでいた。万が一にでも、自分が原因で彼が軽蔑《けいべつ》されるようなことがあってはならないと。

アリステアが出立する日も、早朝だろうが真夜中だろうが本当は起きて見送るつもりだった。夫の出仕時には、ちゃんと見送るものだと母が言っていたから。

しかし、理想と現実は別物。彼の気遣いは正しかった。

結局その日、エメラリアは太陽が燦々《さんさん》と輝《かがや》く時間までぐっすりと眠《ねむ》りこけてしまったのである。当然、アリステアの姿は疾《と》うになく。

結果、今日までの二十日間ほどの時間を、エメラリアは当主不在の侯爵邸《てい》で過ごしていた。自分のうっかりを叱《しか》りつけた朝、もとい昼が懐《なつ》かしい。

今は、寝室《しんしつ》の隣《となり》にある自室で届いたばかりの手紙を読んでいた。アリステアから送られてきたものだ。

「この手紙によると、明日には戻《もど》られるみたい」

「だいたい発たれた日におっしゃっていた通りですから、無事に終わったようですね。ようございました」

「ええ」

柔《やわ》らかい表情を浮《う》かべるジャディスに頷《うなず》き、大きな窓に視線を向ける。ここは前夫人も使用していた部屋で、日当たりが良く、バルコニーからは庭園が一望できた。

（雨に降られることもなさそう。よかった）

外の穏《おだ》やかな景色にエメラリアは安心し、再び手紙に視線を落とす。

手紙に書かれている内容はそう多くはなかった。定型的な文章から始まり、特筆すべき内容が記されているだけだ。けれど、中にはエメラリアに配慮《はいりょ》する文面も自然と添《そ》えられている。

（本当に律儀《りちぎ》な方）

彼のこういう抜《ぬ》かりないところを発見する度《たび》に、自分も頑張《がんば》って役に立たないとという思いが強くなる。

「私、旦那様のためにも努力するわ」

すべて読み終えたエメラリアはそう意気込み、手紙を机にある箱へしまう。

「だから、ジャディス、今日もよろしくお願いね」

「はい。もちろんです。奥様」

エメラリアがそう言うと、ジャディスは数冊の本を手渡《てわた》した。歴史書、特にアルジェント侯爵家のことが載《の》っている本だ。

侯爵家は名家なだけあって、相応の記録が書物として残っている。それらを勉強するのがエメラリアの日課となっていた。長年侯爵家に仕えているジャディスは良き先生だ。

賢《かしこ》すぎる女性というものは好かれるものではないけれど、知識は使い方次第《しだい》――そう唱える母によって、エメラリアは幼い頃《ころ》から勉強がそばにあった。

結婚してもその姿勢が変わらないエメラリアは、ジャディスの教えることをどんどん吸収した。

すべてよかれと判断してやったことで、他意などない。

だから、その勤勉さがあらぬ誤解を生むとは、想像もしていなかった……。


「奥様は旦那様が大好きで、恋《こい》のためなら努力は惜《お》しまない、健気《けなげ》で可愛《かわい》らしい方！」


使用人たちが熱心にそう噂《うわさ》していたのは、エメラリアが書庫に向かっていたときのこと。

偶然《ぐうぜん》居合わせたときは、驚きで抱《かか》えていた本をうっかり落としそうになってしまった。

（噂には尾《お》ひれが付くものだと言うけれど……どうしてそうなったのかしら……）

渦中《かちゅう》の人物だけに物陰《ものかげ》に息をひそめるしかなくなったエメラリアは、悩《なや》ましげに首を傾《かし》げた。

彼らからすれば、エメラリアは己《おの》が主人が選んだ女性だ。興味が自分に向いていることはわかっていた。噂のひとつやふたつも立つだろうと考えていた。しかし。

（私が旦那様を、好き……？）

心の中で呟《つぶや》くが、それは絶対にありえないと否定する。

確かにアリステアは尊敬できる人であることに違《ちが》いない。だが、それとこれとは話が別だ。アリステアに憧れを抱《いだ》く女性たちとエメラリアは違う。

思い出すのは、彼に向かうキラキラと輝きに満ちた瞳《ひとみ》。ときにはもっと強く、燃えるような情熱を宿して彼を見つめている女性もいた。

それを恋だと呼ぶのなら、どう比較《ひかく》しても自分が同じ気持ちを持っているとは思えなかった。一生懸命《いっしょうけんめい》勉強に励《はげ》んでいるのも、一番は役目だからという理由が大きい。

浮き立つ使用人たちには申し訳ないが、アリステアが帰ってきたところで、期待にそえるような展開にはならないだろう。

——そう、思っていた。いや、間違いなく断言できたはずだ。

エメラリアは、ぎゅうとアリステアの背へ回した腕《うで》に力を込めた。

「エ、エメラリア……」

頭上から彼の戸惑《とまど》う声がする。

(離《はな》れないと)

ぼんやりとした頭の片隅《かたすみ》で、冷静な自分が促《うなが》す。

けれど、なぜか先程《さきほど》から身体《からだ》は全然いうことを聞いてくれない。アリステアの胸に顔を埋《う》め、これみよがしにひっついたままである。

（彼を……エントランスホールで出迎《でむか》えたまではよかった、はず……）

それでも、どうにか理性を総動員し、この理解しがたい状況《じょうきょう》を生んだ原因を探《さぐ》った。

帰還《きかん》したアリステアを迎えるために、エントランスホールに来たところまでは覚えている。

しかし彼に目を留めた途端《とたん》、考えていたことはすべて霧散《むさん》し、挨拶《あいさつ》もすっ飛ばし、勢いよく抱《だ》きついたのである。そう、まぎれもなく自分から。

突然《とつぜん》の出来事に取り乱した侍女《じじょ》たちは黄色い喚声《かんせい》を上げ、家令のジャディスは驚愕《きょうがく》のあまり絶句していた。

抱きつかれたアリステアはといえば、エメラリアの名前を呼んでから無言を貫《つらぬ》いており、かといって抱き返してもくれないのだから、顔を見なくても困惑《こんわく》していることがわかる。

「だ、旦那《だんな》様、申し訳ありませ……」

このままでは駄目《だめ》だと、意を決して顔を上げたエメラリアだったが、その瞬間《しゅんかん》、今まで無視していた心臓の音が一際《ひときわ》大きく波打った。

指通りの良さそうな濁《にご》りのない金色の髪《かみ》。

そこから覗《のぞ》く、蒼玉色《そうぎょくいろ》をした力強くも涼《すず》し気な双眸《そうぼう》。

薄《うす》くて形のいい唇《くちびる》。

余計なものを削《そ》ぎ取ったすらりとした輪郭《りんかく》。

エメラリアの瞳いっぱいに映った彼のすべてが輝き、目が離せなくなった。

心臓はもう無視できないほど音を立てて、どうにかなってしまいそうだ。

けれど同時に、不思議と居心地《いごこち》よくも感じる。

エメラリアは、無意識にすりっとアリステアに擦《す》り寄った。

(離れたくない……私、この方が好き…………………………、え？)

どこからともなく自然と溢《あふ》れた想《おも》いに、エメラリアは硬直《こうちょく》した。

言葉の意味を理解した途端、混乱は最高潮に達する。

(すッ――好き⁉　ど、どうして⁉)

これではまるで侍女たちが噂するように、彼に恋をしているようではないか。

謎《なぞ》だらけの状況についていけない。完全に理解の範疇《はんちゅう》を超《こ》えていた。

(で、でも、ほんとうに、彼のそばにいたくて、たまらなくて……、うぅ……そんな、突然……どうしてなの……)

エメラリアは半泣きになりながら、ただただ気絶しないよう気を保つので精いっぱいで、まさかその原因がアリステアのほうにあるとは、知る由《よし》もなかった。

油断した。

そう確信したときには遅《おそ》く、アリステアは捕縛《ほばく》対象の男が投げたそれを避《よ》けきれなかった。

薄暗い部屋。舞《ま》い上がったものから何か液体が零《こぼ》れ、頭に降りかかった。ガシャン、とガラスが割れたような音が室内に響《ひび》く。

じっとりと肌が濡《ぬ》れ、髪から雫《しずく》が滴《したた》る。そしてひどく甘い、我慢《がまん》しないとむせ返りそうなほど強烈《きょうれつ》な香《かお》りが全身に纏《まと》わり付いた。

「く――っ」

アリステアはその不快感を振《ふ》り払《はら》うように、抵抗《ていこう》した男に剣《けん》の柄《つか》で一撃《いちげき》を喰《く》らわせた。

ろくに声も上げられないまま倒《たお》れ込んだ男を静かに見下ろし、詰《つ》めていた息を吐《は》き出す。

古ぼけた机と椅子《いす》、天井《てんじょう》まで伸《の》びた本棚《ほんだな》、散乱した紙束、怪《あや》しい光を放つ液体が入った器具。狭《せま》い部屋に押し込まれたそれらを順番に目で追っていく。

どうやら悪あがきに男が投げた物の正体は、ここにある器具のひとつのようだ。

現状悪臭《あくしゅう》以外に害のないその液体も持続性はないのか、心なしか臭《にお》いが薄れ、行動に支障がなくなると、アリステアはすぐさま作業に取りかかった。

棚《たな》に並んだ本の表題を革手袋《かわてぶくろ》でなぞり、数冊を手に取る。ところどころ掠《かす》れて読めない部分もあったが、間違いなく通常では手に入りにくいものと確認《かくにん》すると、乱闘《らんとう》で床《ゆか》に散らばった紙も拾い上げ、同様に目視する。

「団長、そっち終わった～？」

そこへ、ひとりの青年が緊張感《きんちょうかん》のない口調とともに扉《とびら》から顔を覗かせた。アリステアと同じ、黒を基調とした身丈《みたけ》の長い団服を着ている。

男の名は、ヴィオ・ウェリタス。騎士《きし》団の一員であり、気心の知れた友人だ。

右肩《みぎかた》に流した白金の長髪《ちょうはつ》に、珍《めずら》しい金緑の瞳と切れ長の目。体格は細身で色白と、一見脆弱《ぜいじゃく》そうな見た目とは裏腹に、ヴィオは気絶した男ふたりを軽々と部屋に放《ほう》り込んだ。

「よっこらせ。あ～、疲《つか》れた」

相変わらず緩《ゆる》い口調のままぼやく。アリステアは呆《あき》れながらも、いつもと同じヴィオの様子を特に気にとめることなく、目線を紙へ戻《もど》した。

「団長」

「なんだ」

しかし、ヴィオの呼び声によりアリステアは再び顔を上げることとなった。

と、振り返った矢先、ヴィオの無駄《むだ》に整った顔面が想像より近くにあり、思わず後退《あとずさ》りそうになる。

ふざけるな。そう口にするよりも早く、アリステアは抱き締《し》められていた。

誰《だれ》に？　とは、言わずもがなである。

「なっ⁉　ヴィオ、いきなり何をするんだ！」

「いやいやいやいや！　俺が聞きたいよ！　団長こそ何されたんだよ！」

「意味がわからん！　してるのはお前のほうだ！」

「それはわかってる！　俺だって男になんて抱きつきたくないっての！　……でも、あー、駄目だこれ、抗《あらが》えない」

諦《あきら》めたように遠くを見つめたヴィオは、離れるどころかさらに力を込めてくる。

国王の剣として幾度《いくど》も危険な目に遭《あ》い、その度《たび》に危機を脱《だっ》してきたアリステアでもこの展開はさすがに想定外だ。

「いいから！　早く離れろ……！」

ありったけの力を込めてひたすら押し返した。

「……『離れろ』……ああ、そういうことか」

ぼそりと呟《つぶや》いたヴィオは、今までのきつい抱擁《ほうよう》が嘘《うそ》だったかのようにあっさりと腕を解く。

「……ふぅ」

「ふぅ……じゃない！　なんなんだ今のは！」

「ちょっと待って団長！　いいって言うまで黙《だま》ってて」

問い詰めようとしたアリステアの眼前に、ヴィオが手のひらを突《つ》き出す。そのただごとではない勢いにアリステアは大人しく口を噤《つぐ》んだ。

ヴィオは、肩から胸にかけて垂れ下がった紐《ひも》の飾《かざ》り——飾緒《しょくしょ》の先に付いた筒状《つつじょう》の入れ物から、小さな粒《つぶ》を取り出した。そして、一気に仰《あお》ぐ。

「うぇ、にが……この薬って、即効性《そっこう》あるのかな？　そこ聞いとけばよかった」

「おい……」

舌を出して顔をしかめているヴィオに、恐《おそ》る恐る声をかける。

「団長さ、この部屋入ったとき、何かされなかった？」

棚や机の上を物色し始めたヴィオの質問に、今度はアリステアが顔をしかめた。

（まさか、あのときの……）

すっかり臭いも消えて忘れかけていたが、アリステアは抵抗した男が投げた容器の液体を浴びた。先程《さきほど》の趣味《しゅみ》の悪いいたずらとしかたとえようのない行動も、それが原因だったというのだろうか。

「すまない。おそらくここにあるひとつを浴びた」

小棚《ラック》に刺《さ》さった試験管を手に取り告げると、ヴィオはそれを引ったくった。

蓋《ふた》を開けどうするのかと思えば、アリステアの鼻に思いきり押し当てる。

「ぐぅッ⁉　ごほっ、ごほっ！」

タイミング悪く吸い込んでしまった臭いは、強烈な刺激臭《しげきしゅう》だった。全身から嫌《いや》な汗《あせ》が噴《ふ》き出し、いっそこのまま気を失ってしまったほうが楽になれそうだ。

涙目《なみだめ》になりながら悪ふざけが過ぎる部下を睨《にら》むと、ヴィオは信じられないことに今度はそれを自らの鼻先へ持っていった。まったく躊躇《ちゅうちょ》のない行動に止める間すらない。

「悪くないな。むしろ好ましいくらいだよ」

冗談《じょうだん》だろ。喉《のど》からは咳《せき》しか出なかったが、目は口ほどに物を言う。

ヴィオが肩を竦《すく》めた。

「この液体の解析《かいせき》は王宮にある専門の機関に任せるとして、たぶん、この臭いを好ましく思うのは、俺と俺の家族くらいだから安心してよ。団長に抱《だ》きついたのも、十中八九うちの体質によるものだし、他《ほか》の人たちは同じようにならないと思う」

「ごほっ……なんだそれは。もっとわかりやすく説明してくれ」

「う～んと、そうだなぁ……たとえるなら、この薬は人をマタタビに変えるもので、俺たちはそれに飛びつく猫《ねこ》みたいな感じ？」

「つまり……俺は今、マタタビだと？」

「そうそう」

本気なのかふざけているのか、ヴィオはくつくつと楽しそうに笑う。

学生時代からの友人同士、変に態度が変わらないのはありがたいが、上司としての威厳《いげん》がまったく通用しないのも困りものだ。

だが、その話を信じるなら、見るからに怪しげな液体は効き目が限定的らしい。

今さらながら、道行く人が皆《みな》先程のヴィオのようになるのかと思うと、想像するだけでぞっとした。

「にしても、これって洗い流してどうにかなるものなのかな。もしくは自然に効果がなくなるとか。まずは同行してる王宮魔法使《まほうつか》いたちに聞くのが一番だろうけど、このままってなるとひとつ問題があるね」

「問題って、俺がお前に注意すれば」

「は？　それ本気で言ってる？」

発言を遮《さえぎ》り、身を乗り出したヴィオは、怖《こわ》いくらいの笑顔《えがお》を貼《は》り付けて続けた。

「君、誰の妹と結婚《けっこん》したんだっけ？」

——エメラリア・ウェリタス。

ヴィオの紹介《しょうかい》で結婚したアリステアの妻の名前である。

アリステアは友人の妹と結婚したのだ。

しかし、政略に等しいその婚姻《こんいん》に恋愛《れんあい》感情なんてものはなかったのが現実だ。共通の知り合いがいるとはいえ、彼女とは数度会ったことがある程度の間柄《あいだがら》。印象は、あの適当そうな兄と比べて、ずいぶん真面目《まじめ》な子だと感心したくらいで好ましくは映ったが、恋《こい》に発展したかと問われれば、答えは否《いな》である。

彼女も同じような認識なのか、結婚式のときですら淡々《たんたん》と役目をこなしているように見えた。当たり前のように、初めての夜もアリステアの都合で、数回言葉のやり取りを交《か》わしただけで終わった。

もちろん仕事を優先し、彼女を蔑《ないがし》ろにしている自覚はある。けれど、残念なことに夫婦《ふうふ》になったからといって、すぐに優先順位を変えられるほどアリステアという人間は万能《ばんのう》ではなかった。今までの二十四年の人生を、学業や仕事に振《ふ》りすぎたせいもあり、紳士《しんし》としての振る舞《ま》いは完璧《かんぺき》でも、夫婦に求められるそれとなると、正しい行動がわからなくなってしまうのだ。

――そして、それは屋敷《やしき》に帰ってきても変わらなかった。

「エ、エメラリア……」

情けないくらい掠《かす》れた声が、自分の喉から漏《も》れる。

目の色を変えて抱きついてきた妻に、そこはかとなく既視感《きしかん》を覚えながら、それでもアリステアは戸惑《とまど》いを隠《かく》せないでいた。

もしかしたら家に帰るまでには、あの怪《あや》しげな液体の効果はなくなっているかもしれない——そう少なからず抱《いだ》いていた期待を真正面から打ち砕《くだ》かれたショックが思いのほか大きい。エメラリアの様子から考えても、例のマタタビ効果は健在だろう。

ヴィオに聞いた話では、これは本来の意思とは関係なく液体を浴びた人間に惹《ひ》かれてしまう症状《しょうじょう》らしい。

ならば、今の彼女の意思は他にあるかもしれないのだ。そう考えるだけで触《ふ》れることすら憚《はばか》られてしまう。中途半端《ちゅうとはんぱ》に上げた腕《うで》は、胸懐《きょうかい》を具現化するように右往左往する他ない。

（やはり手紙を送ったときに先に伝えておくべきだったか……）

途中立ち寄った村で、アリステアはエメラリア宛《あて》に手紙を書いた。あのときは、状況《じょうきょう》を下手に伝えて心配させることもないと判断し、おかしな体質になってしまったことは書かなかった。しかし、今となっては一縷《いちる》の望みなどにすがらず、彼女に知らせておけばよかったと後悔《こうかい》が過《よぎ》る。

「だ、旦那《だんな》様、申し訳ありませ……」

そうこうしているうちに、エメラリアが兄と同じ色の髪《かみ》を肩《かた》から滑《すべ》らせて顔を上げた。

見下ろしたその様子に思わず息を呑《の》む。

エメラリアは、アリステアの知る凜《りん》とした姿から一変、小動物のようにふるふると震《ふる》えていた。もともとの白磁色の肌《はだ》は真っ赤に染まり、琥珀《こはく》のような目には涙を溜《た》め、小さくふっくらとした唇《くちびる》は何かに耐《た》えるように噛《か》み締《し》められている。本人も今の状況に理解が追いつかないのだろう。症状の根源が何を隠そう自分なのだから、本当にいたたまれない。

ともあれ、謝るエメラリアはそれでも制御《せいぎょ》が利《き》かないのか、腕の力は強まる一方だ。彼女の兄ヴィオの抱擁《ほうよう》に比べれば優《やさ》しいものだが。

「いやぁ、そうなるよな」

「……ヴィオ」

声に振り返れば、ずっと後ろで見物していたらしい件《くだん》の男が愉快《ゆかい》そうに口角を上げた。

「さぁ、我が妹も交えて、真面目な話をしようじゃないか。アリスくん」


「それでねエメル、早速試香《さっそくしこう》を頼《たの》みたいんだけど」

アリステアの指示で人払《ひとばら》いがされたあと、向かいの長椅子《ながいす》に座った兄が一枚の小さな紙を差し出した。隣《となり》に座るアリステアが一瞬《いっしゅん》身を引いたのは気のせいだろうか。

「あの、お兄様。これが真面目な話なのですか？」

まだ動悸《どうき》は残っているが、ヴィオがくれた薬のおかげで平静を取り戻《もど》したエメラリアは、その手から試香紙を受け取り、訝《いぶか》しげに眉根《まゆね》を寄せる。

ヴィオに目線を送るものの、相変わらず考えの読めない顔でニコニコしているだけだ。

エメラリアは仕方なく言われた通りにすることにした。

「……ちょっと甘いでしょうか。でも、気持ちが安らぐ感じがして私は好きです」

「だよな」

これでいったい何がしたいのだろう。

頷《うなず》いたヴィオは、アリステアをチラリと見た。

「アリスはどうだった？」

「……正直、二度と嗅《か》ぎたくない」

「うんうん、むせてたもんな」

「それはお前があんな不意打ちしてくるからだろ！」

腕を組んで眉間《みけん》に皺《しわ》を寄せているアリステアは、心底嫌そうにエメラリアの手元にある小さな紙を睨んだ。

「ヴィオ、お前はこの液体の正体を知ってるんだろ？　いい加減教えたらどうなんだ」

「まぁ、そんなに焦《あせ》らないでよ。先にエメルに状況を説明してあげないとね」

「できれば、そうしていただけると助かります」

あまりにも訳がわからなすぎる状況に控《ひか》え目だが主張すれば、ヴィオは簡単にこれまであったことを説明してくれた。

要するに、アリステアがこの紙に付いた液体を頭から被《かぶ》ってしまったがために、エメラリアはああなってしまったらしい。となると、エメラリアとしても液体の正体が気になってくる。

「お兄様はこれが何かご存じなんですか？」

「まあね。結論から言うと、これは『精霊《せいれい》の香水《こうすい》』と呼ばれる古《いにしえ》の魔法使いの道具だ」

――精霊。

その単語を聞いて、エメラリアは一気に血の気が引いた。

「あ、あのっ、お兄様……！」

脳裏《のうり》に浮《う》かんだのは、幼い頃《ころ》から父に嫌《いや》というほど教え込まれた自分の家に関する話だ。

「さすがエメル、勘《かん》が鋭《するど》いね。でも心配しなくても、陛下と父さんの許可は貰《もら》ってるから大丈夫《だいじょうぶ》。アリスになら話していいってさ」

「そうなのですか？　でしたら、いいのですけれど……」

ヴィオの話に、胸を撫《な》で下ろすエメラリアの横で、アリステアが険しい顔つきになる。

それもそうだろう。急に国のトップが話に出てきたのだから。

「……陛下？」

案の定、アリステアの口からその言葉が飛び出す。

「今回は特例。本来であれば『ウェリタス』の血を継《つ》いでるか、陛下くらい特別な立場じゃないと知らないくらいの機密事項《じこう》だから、心して聞くよーに！」

戯《おど》けるヴィオにいまだ腑《ふ》に落ちないところがあるのか、アリステアは複雑な表情を浮かべるが、彼も伊達《だて》に国王に仕える騎士《きし》団の長ではない。

「わかった」

少しの間のあと、そう答えたアリステアは居住まいを正した。

「じゃあ、まずは質問。ここレシュッドマリー王国では身分に関係なく必要最低限の魔法《まほう》しか使用が許可されていません。その理由は？　はい、エメル！」

「え⁉　えっと……昔、大陸全土で大規模な戦争があったからです。魔法が原因で被害《ひがい》が拡大したと云《い》われております。そのため、周辺諸国と和解の協定を結んだ際に、一緒《いっしょ》に魔法の使用を制限する法が制定されました。他者を物理的もしくは精神的に侵害《しんがい》する魔法の使用はもちろん、魔法に関する研究も国の許可がなければ処罰《しょばつ》の対象となります。魔法を伴《ともな》う案件は、規模に関係なく国の代表者を集めて行われる大陸裁判で厳格な審判《しんぱん》のもと罰《ばっ》せられます」

あの流れでまさか自分に質問がくるとは思わず、答え終わったエメラリアはふぅと安堵《あんど》の息をついた。慌《あわ》てて絞《しぼ》り出した回答だが、間違《まちが》ってはいないはずだ。

「すごいな」

気が付けば、アリステアがこれ以上ないくらい目を丸くしてこちらを見ていた。

まだあの謎《なぞ》の症状が残っているのか、胸が脈打つ状況で、もう少し柔《やわ》らかい表現にすればよかったと後悔した。頭でっかちな女だと思われただろうか。

「うちの教育は男も女も関係なくスパルタだからね。答えられて当然」

だが、妹の心情など知らない兄は、自分が答えたわけでもないのに得意げに胸を張る。

そもそも、説明こそ簡単ではあるが、元来魔法は誰彼構《だれかれかま》わず使えるものではない。知識はもとより、魔力の量や想像力、制御など諸々《もろもろ》の条件を達成して初めて駆使《くし》できる力なのだ。高等魔法になればなるほど条件は厳しくなり、その分リスクも大きくなる。

法の成立から三百年。そうした特殊性《とくしゅ》が高いこともあり、今では生活を便利にする魔法道具や、娯楽施設《ごらくしせつ》で見かける弱小魔法くらいしか、一般人《いっぱん》には縁《えん》がなくなった。

それでも使いこなせば便利な力は悪用される。魔法事件は、案件自体そう多くはないものの、普通《ふつう》とは異なる危険が伴うため対応が難しい。

この国では主に、アリステアたちが所属する騎士団と、王宮魔法使いと呼ばれる難関試験を突破《とっぱ》した人たちが魔法関連の事件を担当しており、今回の特派もそれが目的だった。

「さて、話を戻すけど、つまり魔法とは世界の均衡《きんこう》を揺《ゆ》るがす可能性を秘《ひ》めた、いわば禁《きん》忌わけ。やっと平和な世の中になったのに、また争いなんてしたくないでしょ？　だからどこの国も好き好んで危険なんて冒《おか》したくないんだけど、ここで登場してくるのが『ウェリタス』」

ヴィオは、自身とエメラリアを指差す。

「じゃあ、今度はアリスに質問。魔力に反応する幻想《げんそう》生物の名前を総称《そうしょう》して何て言う？」

「精霊」

「正解」

即答《そくとう》したアリステアだったが、徐々《じょじょ》に胡乱《うろん》な目つきになる。

「その顔はそこはかとなく理解したかな。きっとご想像通りだよ。俺たちは人間だけじゃなくて精霊の子孫でもある。王国はそれを隠《かく》したいのさ」

許可があるとはいえ、一族の秘密をさらりと言って退《の》けたヴィオは、指に挟《はさ》んだ香水のついた紙をひらひらと揺らす。

「俺たちが精霊の子孫でもある証拠《しょうこ》はこの香水。ほら、学生の頃に教わったじゃん。戦争時代に魔法使いたちがいろいろヤバいもの作ってたって話。これは人工的に精霊の愛《いと》し子を作り出す薬と見て間違いないね。だから精霊の血を引く俺もエメルも、普通だったら嫌《けん》悪《お》する香《かお》りに真逆の反応を示したし、意思とは関係ない行動にも出た」

ヴィオの言う精霊とは、自然界に存在する聖なる生き物のことだ。人間の魔力と彼らの力を合わせることで、魔法の威力《いりょく》を底上げしたり、応用が利《き》くようになる。

　そして精霊の愛し子とは、その名の通り彼らに愛された存在のことを指す。様々な恩恵《おんけい》を受けられるが、その出生は大変稀《まれ》で、一部の地域では聖者として崇《あが》められることもあるらしい。

　そんな希有《けう》な人間を、昔の魔法使いたちは人工的に作ろうと——実際に作っていたのだ。

　まったく悪趣味《あくしゅみ》だよねと零《こぼ》すヴィオの向かいで、エメラリアは自分の行動理由に納得《なっとく》した反面、まったく抗《あらが》えなかったことに恐怖《きょうふ》を覚え、顔を伏《ふ》せた。

「人工物だからかわからないけど、精霊を魅了《みりょう》する力も従わせる力もかなり強いんじゃないかな。それに運がいいやら悪いやら、アリスはこの香水と相性《あいしょう》がいいみたいで、よく身体《からだ》に馴染《なじ》んでるようだし……俺がエメルみたいになっちゃったとき、アリスが『離《はな》れろ』って口にしたから、たぶん離れられたんだよね」

「あのタイミングで離れたのはそういう理由があったのか」

「そういうこと。でもうちだってそれなりに歴史があるから、対愛し子用の特効薬がちゃんとある」

「私が飲んだ薬ですね」

「一時的に愛し子に惹《ひ》かれる症状《しょうじょう》を抑制《よくせい》してくれる代物《しろもの》だよ」

　さっきは急を要したため兄から貰うことになったが、自分も父から受け取ったものを抽斗《ひきだし》にしまっていたはずだ。まさか、対夫に使うことになるとは思ってもみなかったが。

「夫婦《ふうふ》と言っても行動に限度はつきものだし、そばにいたくなるだけの症状ならいいけど、言葉による征服《せいふく》力が強力な以上、油断はしないほうがいい。一応、アリスのほうから王宮の機関に解除薬の作製はお願いしてもらったけど、それもいつになるかわからないしね。エメルは定期的に飲むようにするといいよ」

「わかりました」

「それから、父さんと陛下には全部説明してあるから。困ったことがあったら力になってくれると思う」

「陛下が？」

アリステアが意外そうな声を上げる。

「そう。父さんも陛下もちゃんとわかってくれてるよ。アリスに精霊のことを話す許可をくれたときだって、お互《たが》いの事情を知っておいたほうがいいだろうって、理解を示してくれたし。……ああ、もちろん俺が頑張《がんば》って説得したからなんだけどね？」

なんと恐縮《きょうしゅく》なことに、父と陛下は国家機密より、エメラリアたち夫婦のことを優先してくださったらしい。

物静かな父から「決して誰《だれ》にも話してはいけないよ」と、幼い頃から言い聞かせられた台詞《せりふ》を思い出す。優《やさ》しい口調の裏に、えも言われぬ雰囲気《ふんいき》を感じていたのは確かだった。

エメラリアは、その約束を守っていくつもりでいただけに、どう返事をしたものかと迷ってしまう。

「そうか。ウェリタス伯爵《はくしゃく》と陛下には後日礼を言わねばならんな」

ややあって先に口を開いたのはアリステアだった。

なんとなく彼の纏《まと》う雰囲気が変わったような気がして、エメラリアは首を傾《かし》げる。

「本当に。結婚《けっこん》早々、隠し事が原因でギスギスしてます！　なんてことにならないようにしてあげたんだから、ちゃんと仲良くしてよ？」

「ああ、善処する」

何を考えているのか、少し硬《かた》い表情のままアリステアは答えた。

「エメルもね？」

「は、はい。最善を尽《つ》くします」

返事をしつつ、様子が気になるアリステアを窺《うかが》うが、肝心《かんじん》の話がそこで終わってしまい、エメラリアは尋《たず》ねる時機を完全に逃《のが》してしまった。


「……エメラリア、これは？」

ちょうど寝《ね》る準備ができた頃《ころ》、遅《おく》れてやってきたアリステアが開口一番にそう尋ねてきた。目線はきれいに整ったベッドと、エメラリアのいる長椅子《ながいす》を行ったり来たりしている。

「私は長椅子で寝るので、旦那《だんな》様はベッドをお使いください」

ぱふっとエメラリアは長椅子に移動させた自分の枕《まくら》を叩《たた》いた。膝《ひざ》の上には、別室から持ってきた上掛《うわが》けが載《の》っている。

騒動《そうどう》の経緯《けいい》はどうあれ、エメラリアにとって重要なのはアリステアに迷惑《めいわく》をかけてしまったことだった。

そう考える理由は、ウェリタス家という秘密ある一族の出身であることが関係している。

エメラリアは、物心つく前から普通の令嬢《れいじょう》より多くのことを学び、さらに母からは女性のあり方を徹底《てってい》的に教わっていた。貴族社会の男性と女性では知識の使い方が違うということ、求められていることと控《ひか》えるべきこと、女としての役割、妻としての役割——それらはいわば、己《おのれ》を守るための処世術だった。

超《ちょう》がつくほど真面目《まじめ》だったエメラリアは、少々いき過ぎなくらいその教えをしっかりと胸に刻んでいたのである。

故《ゆえ》にエメラリアにとってみれば、先程《さきほど》のように妻が夫の煩《わずら》わしい存在になるなど言語道断であり、これは名誉《めいよ》挽回《ばんかい》のための行動だった。

「……念のため聞くが、理由を説明してくれるか？」

ただならぬ気迫《きはく》を感じ取ったのか、扉《とびら》の前に棒立ちのままのアリステアが頬《ほお》を掻《か》く。

「説明不足でご気分を害されたなら、申し訳ございません。決して旦那様を避《さ》けているわけではなく……例の薬なのですが、兄に聞いたところ効き目に個人差があるらしく、私はまだ効果が切れる時間が把握《はあく》できておりません。ですので、万が一にでも旦那様の眠《ねむ》りを妨《さまた》げることがないように距離《きょり》をとろうと思ったのです」

人とは違《ちが》う精霊《せいれい》の本能というものを今日ほど感じたことはない。

眠って意識がなくなろうとも、同じベッドで寝ていれば、彼にすり寄ってしまうくらい容易に想像がつく。長椅子で寝ること自体、エメラリアは遠慮《えんりょ》したいくらいなのだ。

「別の部屋で寝ることも考えたのですが、それですとあのようなことを仕出かしてしまった手前、逆に怪《あや》しく見えるかと思いまして」

あの騒動現場に居合わせた使用人たちには、それとなく秘密がバレないように事情を説明したが、寝る部屋を別々にすれば余計な心配をかけてしまうだろう。

「くっついて寝ることを覚悟《かくご》していたが、そう来たか……」

「旦那様？　……あっ」

頭を抱《かか》えたアリステアは、しかしすぐに長椅子の近くまでやってくると、エメラリアから上掛けを剥《は》ぎ取った。

「こうなったのは俺の失態だ。エメラリアが我慢《がまん》することじゃない。俺が長椅子で寝る」

「そういうわけにはまいりません！　旦那様は長旅で疲《つか》れていらっしゃいます。明日《あした》もお仕事がおありなのに、ちゃんとしたベッドで休まないとお身体に障《さわ》ります」

一日のほとんどを家の中で過ごしていたエメラリアと、二十日も仕事で遠方に赴《おもむ》いていたアリステアとでは、溜《た》まっている疲れも違うというものだ。

休息の邪魔《じゃま》にはなりたくないし、しっかり休んでもらいたい。

エメラリアは奪《うば》われた睡眠《すいみん》のお供を奪還《だっかん》すべく、上掛けにしがみついた。

「意外に頑固《がんこ》だな」

「だ、旦那様が素直《すなお》にベッドで寝てくだされば こんなことには……！」

「だが、俺も自分はベッドで寝て、女性を長椅子で寝かすのは主義に反する」

「ご矜持《きょうじ》より、今はご自身のお身体を大切にしてください」

「そういう問題じゃない」

ではどういう問題だと言うのだろうか。

ただ安心して休んでもらいたい。たったそれだけなのにうまくいかない。

(お母様、夫に尽くすというのは難しいことなのですね)

もうすでに懐《なつ》かしさすら覚える自分の両親のやり取りに、エメラリアは思いを馳《は》せる。

まだそれほど遠くない日、父と母のやり取りはどうだっただろう。口論など滅多《めった》にしてなかったのではないだろうか。そもそも冷静に考えてみれば、今この無駄《むだ》な時間がアリステアから貴重な睡眠時間を奪っている、そんな気さえしてきた。

（うぅ……この未熟者！）

エメラリアは心の中で自分を叱咤《しった》した。ゆるゆると手から上掛けが滑《すべ》り落ちていく。

「申し訳ありません……私が浅慮《せんりょ》でした……一緒《いっしょ》に、ベッドで寝ます」

「なんだ、唐突《とうとつ》だな。まぁいい、とりあえず理解してくれてよかった」

「はい。あ、でも、少々お願いが……」

そう続けたエメラリアは、ベッドの真ん中――より少し自分側にクッションを縦に並べた。

「ベッドが狭《せま》くなって申し訳ありませんが、やはり薬のことを考えると仕切りがあったほうが安心できるので……こちらで譲歩《じょうほ》していただけませんか？」

「ああ、それくらい構わない。もともとふたりで寝てもあり余る広さだ。クッションが隣《となり》で寝てたところで然程《さほど》気にならないだろう」

「ありがとうございます」

次は問題なく丸く納まったことに胸を撫《な》で下ろし、エメラリアはベッドに入る。

「ああ、そうだ」

ところが、ふと思い出したようにアリステアがベッド脇《わき》にある魔法灯《あかり》を消す手を止めた。

「俺は寝相が悪かったか？」

「え？　いえ、そのようなことはない、かと……？」

まだ結婚初日の夜しか一緒に寝てはいないが、途中《とちゅう》で起こされた記憶《きおく》もなければ、自分は昼まで眠りこけていたのだからとやかく言える立場ではない。

確信はないが曖昧《あいまい》に否定すれば、アリステアは口元に笑《え》みを浮《う》かべた。

「それは何よりだ。じゃあ、これは真ん中に置くぞ」

「あ……」

エメラリアはそこでやっと質問の意図がわかりクッションを掴《つか》もうとしたが、先に伸《の》びていた別の手がそれを阻《はば》む。

「俺は寝相、悪くないんだろう？」

紳士《しんし》のアリステアからは想像できない意地の悪い瞳《ひとみ》がエメラリアを捉《とら》える。さりげなく、こちら側のスペースを狭くしていたことに気が付いていたらしい。

もし、ここでエメラリアがクッションを引き寄せれば、アリステアの寝相が悪いことを肯定《こうてい》することになってしまう。彼はそれがわかっていてやっているのだ。

本当に彼には敵《かな》わない。

エメラリアは、得意げなアリステアの表情を前に、今度こそ無駄な抵抗《ていこう》を諦《あきら》めた。

（……いろいろあったからかしら……眠れない……）

あの寝る前のやり取りからだいぶ時間が過ぎたように思う。

エメラリアは何度目かわからない寝返りを打った。

「眠れないのか？」

「旦那様……」

後ろから衣擦《きぬず》れの音がした。

「申し訳ありません。起こしてしまいましたか？」

「いや、ずっと起きていたから問題ない。それよりあの薬、初めて使ったんだろう？　どこか体調が悪いから、眠れないとかではないよな？」

顔は見えないが、労《いたわ》るような優《やさ》しさを含《ふく》んだ声だった。

「薬は……おそらく、ちゃんと効いています。痛いところもおかしなところもありません。ただ、少し目が冴《さ》えてしまって眠れなかっただけです」

「……なら、少し話さないか？」

「え？」

「俺も眠れないんだ。それにこうやってふたりきりで話すことなんてほとんどなかったからな。いい機会だと思って付き合ってくれないか？」

彼のことだ。自分も眠れないというのは方便だろう。

寝《ね》る前のことといい、この短時間にアリステアという人間がまた少しだけ理解できた気がする。

「わかりました。何をお話ししましょうか？」

ここで断るのもきっと彼の意にそわないだろう。エメラリアはそう判断し、寝返りを打つ。暗闇《くらやみ》に慣れた瞳には、きれいに整列したクッションが映った。

「話題か……そうだな。エメラリアさえよければ、聞きたいことがあるんだが」

「私に答えられる範囲《はんい》であれば構いません」

エメラリアが了承《りょうしょう》すると、アリステアはわずかの間のあと、言葉を選ぶように尋《たず》ねてきた。

「……なら、ヴィオが言っていた精霊について教えてくれないだろうか？」

「精霊、ですか？」

「あ、いや……精霊と言ってもウェリタス家のことだ。香水《こうすい》のことはなんとなく理解しているつもりなんだが、お前たちが精霊という話は、実はあまり実感が湧《わ》かない。言われてみれば、どこか浮世離《うきよばな》れした雰囲気《ふんいき》はあるが、見た目は俺たちと然程変わらないからな」

なるほど。彼が遠慮するような素振《そぶ》りを見せたのは、ウェリタス家の込み入った事情に踏《ふ》み込んでもいいか、考えてくれた結果らしい。

「言いづらいことなら無理にとは言わん。知りたいのは半分好奇心《こうきしん》みたいなものだからな」

「いえ、その件でしたらお兄様が許可をいただいているので、お話ししてもよろしいかと」

「そうか？　ならいいんだが……」

「何からお話ししましょうか？」

「本当に潔《いさぎよ》いな……だが、それなら『精霊の子孫でもある』とはどういう意味なんだ？　俺も仕事柄《しごとがら》、魔法に馴染《なじ》みがない他《ほか》の奴《やつ》らより精霊《せいれい》の知識には明るいが、つまりお前の先祖は精霊と結ばれたということか？」

「はい。私も父から聞いた話なのですが、まだ戦争でこの国が荒《あ》れていた時代に、先祖が出会ったひとりの女性。その方が精霊でした。月のように澄《す》んだ白金の髪《かみ》に、星屑《ほしくず》をちりばめたような輝《かがや》く瞳を持ったとても美しい人だったそうです」

「精霊を目視できるとは……当時の当主は優秀《ゆうしゅう》な魔法使いだったんだな」

「それは……少々違《ちが》います」

　感心するアリステアに、どう説明すべきかエメラリアは考えを巡《めぐ》らす。

　精霊が『幻想生物《げんそう》』と呼ばれる由来。それは大半の人がその姿を捉えられないことに基《もと》づく。魔力の多い魔法使いや愛し子《いと》など、限られた人間にしか見ることが叶《かな》わないのだ。彼らは精霊と同調する波長を、生まれながらにして持っているといわれている。

　しかし、残念ながら精霊と出会った先祖は、魔法とは無縁《むえん》の、真面目《まじめ》くらいが取り柄《え》の男性だったらしい。

「だったら、なおさら不思議な話だな」

「ええ……ですが、答えは簡単です。人間に見えるほど強い力を宿していたのは彼女のほうだったのです。代を重ねるごとに必然的に薄《うす》くなるはずの精霊の血が、いまだに色濃《いろこ》く私たちに残っているのがその証《あかし》です」

エメラリアに至っては内面的なものだけでなく、外見も口承されている彼女の容姿と同じ、白金の髪に金色の瞳を持っている。

「旦那《だんな》様は銀提樹《テイリス》という樹《き》をご存じですか？」

「……すまない。聞いたことはあるが、あまり植物には詳《くわ》しくないんだ」

「暖かい地域で育つ、とても大きな樹です。幹は白っぽいのですが、外見は菩提樹《ぼだいじゅ》に似ていて、夏が近くなると赤色の小さな花が咲《さ》きます。彼女はそんな銀提樹《テイリス》に宿っていた古代精霊だと聞きました。彼女の宿っていた樹は少し特別で、金色の花が咲いたそうです」

古代精霊とは、一般《いっぱん》的な精霊よりもずっと長生きで力の強い、いわば精霊たちの王様のような存在だ。深い森の奥、荒海《あらうみ》の底、峡谷《きょうこく》の狭間《はざま》。古代精霊が住む場所は秘境が多く、基本的に他の生物と、特に人間と相容《あいい》れることはまずない。

「お前の先祖はよくそんな相手と結ばれたな。精霊を題材にした書物はけっこう読んできたが、初めて聞くぞ」

「私たちも詳しい経緯《けいい》は知らないのです。精霊に関することは口承だけで、文字として残していおりませんから、語られたすべてが伝わっていないのかもしれません」

「そうか。確かに可能性としては、あり得なくないな……」

聞き逃《のが》してしまいそうな声で唸《うな》るアリステアに、エメラリアははたと気が付く。眠《ねむ》くなるまでの雑談だというのに、クッション越《ご》しでもわかるくらいアリステアが考え込んでいる。

「旦那様、考えるのもいいですがちゃんと休んでくださいね？」

やんわりと諌《いさ》めるつもりが、思ったより声色《こわいろ》にトゲが混ざってしまったらしい。

ふっ、とアリステアがおかしそうに笑う。

「お前は本当に真面目だな。心配しなくても、もう寝る。お前が俺のことを心配して寝られないようじゃ困るからな」

「わ、私はいいのです。旦那様の安眠《あんみん》の手助けができれば、それで満足なんですから」

「エメラリアの話は楽しかったぞ。それに、お前のことも少しは知れたからな。やっぱり聞いてよかった」

室内に再び衣擦れの音が響《ひび》いた。寝返りを打ったらしく、言葉通りこのまま寝るようだ。

「お前も……俺のせいで生活が大変になりそうなんだから、しっかり休むんだぞ」

「はい……」

少しだけ遠くなった声に、エメラリアは返事をする。

彼が言うように、自分たちは明日《あした》から夫婦《ふうふ》としてだけではなく、精霊と愛し子としても生活していかなければならない。

(旦那様のためにも頑張《がんば》らないと)

エメラリアは改めて決意すると、きゅっと瞼《まぶた》を閉じた。

【第二章】エメラリアの恋の病

「――ラリア、エメラリア、朝だぞ」

「んん……」

せっかく気持ちよく寝ていたのに、誰《だれ》かがエメラリアを起こす。

（まだ寝ていたい……ここ気持ちがいいから……）

ふわふわとした夢の中で、エメラリアはそれに擦《す》り寄った。離《はな》されないようしがみつく腕《うで》に力を込める。声の主が小さく笑ったような気がした。

「いつまでもそこにいられると俺が起きられないんだが」

トントンと優《やさ》しく肩《かた》を叩《たた》かれる。

エメラリア――と再び誰かが名前を呼んだ。

一瞬《いっしゅん》、自分を呼んだのは兄かと思ったが、彼はエメラリアを愛称《あいしょう》で呼ぶ。

（だれ……）

もぞもぞと頭を動かし、しつこく起こそうとする相手を見上げた。

「おはよう」

「……おはよう、ございます……？」

反射的にそう返す。

「……………え」

サー……と音を立てて血の気が引いていく。兄だなんてとんでもなかった。

はっきりしてきた視界に映ったのは、困り顔のアリステアだった。

エメラリアは彼の上に乗っかっていたのだ。しかも自分から抱《だ》きついて。

「だ――ッ!?　だっ、だだだ、旦那様っっっ！　申し訳ございませんっっっ!!」

エメラリアは急いで彼の上から飛び退《の》き、絨毯《じゅうたん》に這《は》いつくばった。淑女《しゅくじょ》としての落ち着きなど最早《もはや》ない。恥《は》ずかしくて顔から火が出そうだ。

「うう、なんてことを……私いつから乗っていたのでしょうか!?　ああっ、それよりも重かったですよねっ!?　本当に申し訳ございませんっっっ……！」

エメラリアの横には、寝《ね》る前確かに真ん中へ置いたはずのクッションが、もの悲しげに落ちている。いったいいつからそこにあったのだろう。考えるだけで恐《おそ》ろしかった。

精霊と愛し子としての生活を余儀《よぎ》なくされ、ある程度の問題は覚悟《かくご》していたはずだったが、まったく予測していなかった方向から殴《なぐ》られた気分だ。

エメラリアは、まさか自分がこんなにふいうちに弱いとは知らず、普段の冷静さを欠く由々しき事態にほとほと困り果てる。

一方で、アリステアはそんなエメラリアの姿に、ふっと笑《え》みを零《こぼ》した。

「お前は朝から青くなったり赤くなったり忙《いそが》しいな。そんなに謝らなくても大丈夫《だいじょうぶ》だ。お前なんて、子猫《こねこ》くらいの重さしかない。可愛《かわい》いもんだろう？」

「そんな……！」

子猫はさすがに大げさだ。子どもだってそんなに軽くはない。

ところが、アリステアはその台詞《せりふ》を証明するかのように、エメラリアを軽々と持ち上げてみせた。

「ひゃっ！」

「いつまでも下にいるのは薄着《うすぎ》だし寒いだろう。座るならこっちにしたらどうだ？」

そうして彼の隣《となり》に座らされる。早くもエメラリアの扱《あつか》いを心得たらしいアリステアは余《よ》裕《ゆう》の表情だ。

エメラリアは、再び至近距離《きょり》からアリステアの顔を拝むことになった。

（旦那様、キラキラしてる……）

カーテンから差し込んだ日が、アリステアの金髪《きんぱつ》の輪郭《りんかく》をほのかに照らす。わずかに影《かげ》になった蒼玉色の瞳《ひとみ》は、それでも柔《やわ》らかな色を宿し、こちらを見ていた。

時間にすればほんのわずかなものだったが、エメラリアを蕩《とろ》けさせるには十分過ぎた。

酒に酔《よ》ったときのように頭がくらくらする。

単純に驚《おどろ》きや羞恥《しゅうち》からきていたドキドキは、瞬《またた》く間に違《ちが》うものへと姿を変えていった。込み上げる感情は、喉《のど》の向こうに行きたくて仕方ないとエメラリアを急《せ》かす。

「……エメラリア？」

急に動かなくなったエメラリアを不思議に思ったらしいアリステアが顔を覗《のぞ》き込んだ。

（ち、近い……！）

ぶわっと、まばゆいばかりの輝《かがや》きが襲《おそ》い、エメラリアの理性の秤《はかり》が一気に振《ふ》り切れた。

（もう我慢《がまん》できない……！）

「旦那様！」

「なん――うわっ!?」

ボフンッ――エメラリアはアリステアに勢いよく抱きつき、ベッドに押し倒《たお》した。

「好き、です」

すりすりと我《われ》を忘れて擦り寄る。

「……そういえば、薬の効果が切れてるんだったな」

起きる前の体勢に逆戻《ぎゃくもど》りしたアリステアからは、乾《かわ》いた笑いが漏《も》れた。

騒々《そうぞう》しい朝の出来事から一変、王宮の執務室《しつむ》は粛々《しゆくしゆく》とした空気が満ちている。

アリステアは紙にペンを走らせながら、わざわざここを訪《おとず》れた部下に声をかけた。

「それで？」

重厚《じゆうこう》な机を挟《はさ》んだ向かいでさっさと踵《きびす》を返していた部下は、毛足の長い絨毯の上で軽くターンする。尻尾《しっぽ》のように結《ゆ》った髪《かみ》が宙をくるりと舞《ま》った。

「それでって？」

「ここに来た理由だ。挨拶《あいさつ》だけしに来たわけじゃないんだろう？」

手を止めて前を見据《みす》えれば、ヴィオがにこりと口の端《はし》を上げた。

エメラリアの面影《おもかげ》のある顔に、無意識に今朝のことが脳裏《のうり》を過《よぎ》る。

（……しっかり障害《クッション》も置いていたはずなんだがな）

アリステアも、エメラリアが自分の上で寝ていたときは驚いたものだ。

気が付いたのはまだ夜明け前のことで、すぐに薬の効果が切れたことは想像できた。

おそらく、起こして『離れてほしい』と告げれば、エメラリアは従ってくれたに違いない。

しかし結果的に、アリステアは無理に退《ど》かすことはしなかった。

なんといってもその幸せそうな寝顔ときたら。まるで日向《ひなた》で眠《ねむ》る猫《ねこ》のようで、起こしてはかわいそうだと思った。庇護欲《ひごよく》を駆《か》り立てられたともいうだろう。朝になって目覚めた当人は、当然その体勢に大慌《おおあわ》てだったが。

アリステアは、エメラリアが飛び起きて平謝りする姿まで思い出してしまい、つい口元が緩《ゆる》みそうになる。

だが、今は仕事中の上にそういう姿を晒《さら》す相手が悪い。

アリステアは急いで咳払《せきばら》いをして場を誤魔化《ごまか》した。

「エメルから何か聞いた？」

そんな事情を知らないヴィオは、近くの長椅子《ながいす》に腰《こし》を下ろす。

「お前たちの先祖について少し話をしたくらいだ」

「そう」

「そっちから話す気はないのか」

「昨日は俺が喋《しゃべ》ってばっかりだったし、団長も聞きたいことあるんじゃないかなって」

仕事場と私用で無駄《むだ》に呼び方だけ変えてくるヴィオは、長い髪を指に絡《から》めて首を傾《かたむ》けた。

本当に自分から話す気はないらしい。それ以前に、アリステアが呼び止めなければ、ここに留《とど》まることさえしなかったのでは、とすら思う。

あの献身《けんしん》的な妹に、なぜこんな捻《ひね》くれた兄がいるのか、正直不思議でならない。

「では聞くが、一族のことがあるとはいえ、昨日の話を聞いた限りでもずいぶんと陛下が

お前たちに対して斟酌《しんしゃく》しているように思えた」

「一応、秘密を共有する仲だしね」

「だが、国を守るためとはいえ、ウェリタス家に慈悲《じひ》をかけても王国側にメリットがない。魔法《まほう》は禁忌《きんき》とされ、精霊《せいれい》の力はまず必要にならない。お前も言ってたことだ。かえってリスクを背負うことになる。当時は知らんが、今の国王は誰《だれ》よりも合理的なお方だ。感情で動かれることはないと俺は思ってる」

たったひとつの家が原因で、国が危険に晒される可能性だってあるのだ。その危険を考えれば、国の歴史そのものからウェリタス家が消されてもおかしくはない。それこそ戦争でも起こす気があるなら特別な戦力になるだろうが、間違っても今、そんなことを考える王族はいない。

「つまり、王国にとって利益になることがウェリタス家にはあるということ。昨日、話を限定したのは、それ以降はエメラリアに聞かせるつもりがなかったからだと解釈《かいしゃく》したが？」

昨日の話を聞いて個人的に辿《たど》り着いた見解を伝える。

ヴィオは満足気に目を細めた。

「ふふ、さすがだね。わかってるじゃん。エメルには、もともと仕事の話はあんまりしたくなかったんだけど、ある程度は情報がないと逆に危険だからね」

普段からふざけることが多いヴィオでも、妹のことは大切にしているらしい。わざわざ場所を選んで続きを話そうというのだから、余程《よほど》聞かれたくない内容なのだろう。

「仕事の話をする前に、もうひとつ。精霊の性質について先に話すよ」

ヴィオはそう告げて、猫のような自身の目を指差した。

「人間は少なからず見た目を重視するものでしょ？　自分好みの顔とかもあったりして」

「まぁ、そうだな」

よく部下たちが、誰が可愛《かわい》いとか、あの人が美人だとか噂《うわさ》しているのを耳にする。一目《ひとめ》惚《ぼ》れという言葉もあるくらいだ。人間が外見を重視しているのは理解できる。

一般論《いっぱんろん》とは別に、アリステアとしては、顔の良し悪《あ》しで他人を判断するのはいかがなものかと思うが、いつも暗い顔をしている人より明るい人のほうが印象がいいのは確かだ。

「それに対して、精霊は外見に左右される生き物じゃない。その人の外側に溢《あふ》れてくる心、その人を形成する根本的なものをいつだって〈視《み》てる〉。好意の概念《がいねん》が違う」

「……難しいな」

急に飛び出した曖昧《あいまい》な話に、アリステアは率直《そっちょく》な感想を述べた。

「まぁ、極端《きょくたん》な話、エメルは団長の顔面には毛ほども興味がないってことだね」

「……わかりやすい説明をどうも」

己《おのれ》の容姿を格別気にしたことはないが、そんなふうに言われると少なからずショックである。アリステアは、目元にかかる親譲《ゆず》りの錦糸《きんし》のような髪を指に挟み弄《もてあそ》ぶ。

「ああ、でも、愛《いと》し子の団長は別。すっごいまぶしいくらい輝いてたよ」

「なんだそれは……」

「愛し子の溢れる魅力《みりょく》がそう視せるんだろうねぇ。とりあえず、それは薬で収まるからいいんだけどさ。それより、もっと厄介《やっかい》なのは人間の感情のほう」

「感情？」

「そう。特に敏感《びんかん》に感じるのが、怒《いか》りとか悲しみとか、苦しみ、恐怖《きょうふ》みたいな負の感情なんだけど、感覚を研《と》ぎすますと、そういうものを抱《かか》えてる人がすぐにわかるんだよ。かたちになって、視える」

「それは……すごいというべきなのか……いまいち想像しにくいな」

「そうだな……こう……その人の周囲に黒いモヤモヤ～っとしたのが現れるって言えばいいかなぁ」

イメージを伝えようとするヴィオが顔あたりに両手を持っていき、もくもくと雲を描《えが》くような動きをする。

「心の中が汚《きたな》ければ、どんなに見た目が聖人そのものでも、これぱっかりは隠《かく》せないよ。だからさっき言ったことに繋《つな》がるけど、エメルも俺も、外見で人を好きになることはまずない。当てにならないからね。もちろん、負の感情を持ってない人なんていないし、その人が実際どんな心情を抱えているかまでは俺たちでも測れないけど。……でも、ヤバいことやろうとする人たちって、それがすごく目立つんだよ。もうほんっとドロッドロ！」

ヴィオは不味《まず》いものでも食べたかのように、舌を出してくしゃりと顔を歪《ゆが》めた。

「俺と父さんがやってるのは、そんな奴《やつ》らを見つけて上に報告することなんだよ」

つまり、危険因子の偵察《ていさつ》だとヴィオは話す。なんでもないことのように言うが、アリステアはその密偵《みってい》とも呼べる役割に驚《おどろ》きを隠せなかった。

「そんなことやってたのか……全然知らなかったぞ」

「だって、こっちもバレたら困るから。それに、言うほど大したこともしてないしね。俺たちは視るだけでわかるから、基本的に任されてるのは遠くから観察して、黒か白か判断するだけ。今は国も安定してるし、危険を感じるヤバい奴なんて滅多《めった》にいないよ」

肩《かた》を竦《すく》めるヴィオの説明におそらく嘘《うそ》はないのだろう。

公《おおやけ》にできる能力ではないため、国王が必要としたときに動くのがほとんどらしい。

しかし、そこでひとつ疑問が湧《わ》く。

「質問なんだが、この仕事には関与《かんよ》していないとしても、エメラリアもお前たちと同じように人の感情が感じ取れるのか？」

「もちろん。とはいえ、手放しで喜べるような能力じゃないからね。人の悪いところが視えるなんて。エメルも……今はなんともないけど、小さい頃《ころ》はこの力のせいで人と関《かか》わるのを怖《こわ》がってた時期もあったくらいだから」

「そうなのか……まぁ、そんなものが見えたら怖いかもしれんな……」

「うん。だからあんまりこの話はしてほしくないかな。心配しなくても、些細《ささい》な感情の変化ならこっちも集中しないと視えないし、普通《ふつう》に生活してる分には大丈夫《だいじょうぶ》だと思う」

「ああ、わかった」

アリステアは考えるまでもなく頷《うなず》く。

そうした理由は他《ほか》でもない。アリステア自身、私生活で感情的になることはほとんどないからだ。しかもそれをあのエメラリアに向けるなど、とうてい想像できなかった。

「……はぁ。でも、今回依頼《いらい》された件は陛下には悪いけど本当に乗り気しない」

アリステアの返事を聞いたあと、ヴィオは項垂《うなだ》れるように膝《ひざ》の上に頬杖《ほおづえ》をついた。今の話で、家の仕事のことを思い出したらしい。

「先日捕縛《ほばく》した奴らの件か」

アリステアが心当たりを口にすると、声を出すのも億劫《おっくう》らしいヴィオが首を縦に振《ふ》る。

先日捕縛した奴らとは、アリステアにとっても思い出したくない、あの『精霊の香水《こうすい》』を浴びてしまった事件のことである。だが、己の失態を除けば統率《とうそつ》の取れた騎士《きし》たちの行動は、迅速《じんそく》かつ的確だったと断言できる。

ただ、問題もあった。

精霊の香水のひとつが、すでに他人の手に渡《わた》ったことも発覚したのだ。研究所の設備から考えても、指示を出していた人物がいたことは間違《まちが》いなく、十中八九その首謀者《しゅぼうしゃ》に渡ったのであろう。最悪の場合、すでに香水を使用していることも予測がつく。となれば、アリステア同様、愛し子になっている可能性も否定はできなかった。

そこまでの事情を知っているヴィオは、不貞腐《ふてくさ》れるように長椅子《ながいす》の背もたれに沈《しず》む。

「団長にさえ精霊の血を持て余してるのに、早期解決のために調査に協力しろって言うんだよ。失敗したら絶対怒《おこ》るのに、割に合わない！」

「あの方も人が悪いからな。だが、本当に無理なことはおっしゃらない。信頼《しんらい》してくださっている証拠《しょうこ》じゃないか。俺もお前もできることをやるしかない」

アリステアなりに諭《さと》してはみたものの、ヴィオはまだ不服らしい。

「この仕事人間。家庭を疎《おろそ》かにした罪でエメルから愛想《あいそ》でも尽《つ》かされればいい」

「お前な……」

正直、この先もしばらくは仕事三昧《ざんまい》の生活を送ることになるのだ。ヴィオに皮肉られなくとも、愛想などとっくに底を突《つ》くのが目に見えている。

(恋愛結婚《れんあいけっこん》したわけでもないしな。少しでも愛があると考えるだけで烏滸《おこ》がましいか)

きっと今も屋敷《やしき》で勉強に励《はげ》んでいるであろう健気《けなげ》な彼女を思う。

一緒《いっしょ》にいられる時間は少ない。やらねばならないことは山積みで、屋敷に帰れる時間を思えば、次に顔を合わせて話すのはきっと明日《あした》になるだろう。

ならせめて、彼女の努力に見合うだけの仕事を自分もしようと、アリステアは書きかけの報告書にペンを走らせた。


ところが、深夜帰宅したアリステアを待っていたのは、ジャディスだけではなかった。

ジャディスの隣《となり》にいたエメラリアが、こちらへやってくる。

「旦那《だんな》様、お帰りなさいませ」

「あ、ああ、ただいま」

意表を衝《つ》かれたアリステアは、たどたどしく返事をする。

「……エメラリア、わざわざ俺の帰りを待っていなくてもいいんだぞ」

時計の針はとっくに十二時を過ぎている。夜会でもない限り、みんな寝静《ねしず》まっているような時間だ。しかも、朝だってアリステアに合わせた生活を送っているため、寝坊《ねぼう》ができるわけでもない。忙《いそが》しい時期は、これが毎日続く。遅寝《おそね》遅起きが通用する普通の貴族とは、こういうところが違う。

アリステアは慣れない生活を、彼女に強いるつもりはなかった。

「まだ起きてたのか」

「旦那様が一生懸命《いっしょうけんめい》お勤めに励んでいるのに、私だけ寝るわけにはまいりません」

しかし、エメラリアは当たり前だといわんばかりに答える。

その姿は、アリステアに迷惑《めいわく》はかけまいと長椅子で寝ようとしたときと同じだった。

揺《ゆ》るぎない彼女の気骨をひしひしと感じる。

「そうか……わざわざありがとうな」

「いえ、私はこれくらいしかできませんから」

エメラリアは、本当に気にも留めていないようで淡々《たんたん》と返す。

「…………」

ここまで尽くしてくれる妻になんの文句があろう。自分を思っての行動だ。嬉《うれ》しいことに変わりはない。

……ただ、なぜだか、もうひとり家令を連れている気分になった。

「旦那様？」

「あ、いや、なんでもない。それより――」

首を傾《かし》げたエメラリアに、アリステアは別の話題を振る。

そばでは、ジャディスだけがその様子を静かに観察していた。

エメラリアの身体《からだ》は、どうしてもアリステアにくっついていないと駄目《だめ》らしい。

おかげで翌日の朝も、騒々《そうぞう》しい朝を迎《むか》える羽目になった。唯一《ゆいいつ》の救いは、使用人たちにこの騒動《そうどう》がバレていないことだろうか。

朝食は嘘のようにゆったりとした時間を過ごしていた。

白いテーブルクロスに温かな料理が並ぶ。

こんもりと盛られた白パンとポッティド・ビーフは、アリステアの好物だ。彼に精をつけてもらおうと、エメラリアがシェフに頼《たの》んで用意してもらったものだった。

ぱくぱくと次々口に吸い込まれていく様子にエメラリアは嬉しくなる。

そうして自分もパンを食べていると、先に食事を終えたアリステアが話しかけてきた。

「このあとは何をする予定なんだ？」

「今日は、隣国《りんごく》のニーレイクについて勉強し直そうかと考えておりました。昨日、書庫でちょうどいい書物を見つけましたので」

「ニーレイクか。あそこは温暖で過ごしやすいのがいいな。それに土地柄《とちがら》なのか、住人たちも皆《みな》明るくて親切だ」

数回仕事で行ったことがあると、アリステアは話してくれた。

「確か、先日仕事で行かれた街――えっと、リザドールは、ニーレイクとの国境がある街でしたよね」

エメラリアは頭の中で地図を思い浮《う》かべる。

リザドールは、例の精霊《せいれい》の香水事件があった街の名前だ。王都ほどではないが、賑《にぎ》やかな場所だと聞いたことがある。

「ああ。リザドールとニーレイクの間は、江河《こうが》で隔《へだ》てられてるんだ。立派な石橋もあって、景色だけでも楽しめる場所だ。あと、釣《つ》りもできる。俺も、一度はそこでのんびり過ごしてみたいと思ってるんだが、なかなかまとまった時間がとれなくてな」

「釣りをなさるんですか？」

他の国では、貴族の嗜《たしな》みとして釣りが挙げられるところもあるが、レシュッドマリーでは馴染《なじ》みがない。アリステアからも想像ができなくて、エメラリアは目を丸くする。

「こう見えて、けっこう得意なんだぞ。……まぁ、俺もやり方を知ったのは学生のときだがな。ヴィオに教わったんだ」

「お兄様が？」

ヴィオとアリステアが通っていた学校は全寮制《ぜんりょうせい》の学校だ。あの頃《ころ》は学校が休みに入ってもヴィオはなかなか家に帰って来なかったので、どんな生活を送っていたのか実はあまり知らない。あの兄のことだからそこまで心配はしていなかったが、やはり自由にやっていたらしい。

「お尋《たず》ねしたことがありませんでしたが、お兄様とはその頃に出会われたのですよね？」

「ああ。あいつはそれまで俺の周囲にいた貴族たちとは明らかにタイプが違ってたな。どこでそんなこと覚えたんだってことをたくさん知っていて、一緒にいて飽《あ》きなかった。自分がどれだけ世間知らずか思い知らされたよ」

「そうだったのですか」

アリステアが、ヴィオのことをそんなふうに思っていたなんて少し意外だった。

「絶対調子にのるから、本人には言わんがな」

アリステアは軽く笑い、肩《かた》を竦《すく》めた。

「釣りは、そのときに教えてもらったことのひとつだ。よく学校近くの池に行って、どちらが多く釣れるかなんて勝負もしていた」

気まぐれな素行が目立つ困った兄ではあるが、アリステアにとっては良い友人だったらしい。妹のエメラリアにとってもそれは嬉しいことだった。

「楽しそうですね……」

「釣りに興味があるのか？」

「あ、えっと……」

うっかり零《こぼ》れた呟《つぶや》きを拾われてしまい、エメラリアはもごもごと口ごもった。

エメラリアはヴィオとは違《ちが》い、王都から外に出たこともなければ、伯爵《はくしやく》家の屋敷からもあまり出たことがない。その生活を不満に感じたことはないが、どんなことにも一般《いっぱん》的な好奇心《こうきしん》は常にあった。特に今は、アリステアが楽しそうに話すからなおさらだ。

「何をそんなに躊躇《ちゅうちょ》しているんだ？　あるなら素直《すなお》にそう言えばいい」

不思議そうにエメラリアを見るアリステアが、カップをソーサーに置く。

「そういうわけにはまいりません。淑女《しゅくじょ》が釣りに興味があるだなんて……そんなこと普通《ふつう》は言いませんから」

貴族が釣りを嗜む国があっても、主にそれは男性の話だ。

「エメラリアの言い分はわからないでもないが、俺は難しく考える必要はないと思うぞ」

「私は難しく考えているつもりはないのですが……」

アリステアの言うことのほうが難しい。

エメラリアがするべきことは、自分の意思とは関係なく、すでにかたち作られている。美徳とされる女性像を手本とすることが、自分の――延《ひ》いてはアリステアのためになるのだ。そこから外れてしまったとき、後ろ指を指されるのは自分だけではないのだから。

エメラリアが困っていると、アリステアの後ろで控《ひか》えていたジャディスが口を開いた。

「旦那様、奥様にもお立場がございますから、押し付けるようなことはお控えになったほうがよろしいかと」

「俺はそんなつもりはないんだが……いや、まぁそうか……エメラリア、すまなかった」

「い、いえ……！　私は大丈夫《だいじょうぶ》ですので、謝らないでください」

申し訳なさそうに眉《まゆ》を下げたアリステアに、エメラリアは急いで首を振《ふ》る。

「それと、旦那様。そろそろ出仕のお時間です」

ジャディスが時計を指した。

「もうそんな時間か」

どうやら話に夢中になっているうちに、アリステアの出る時間が迫《せま》っていたらしい。

彼が立ち上がるのと一緒《いっしょ》にエメラリアも席を立った。

「エメラリアはまだ食べ終わってないだろう。ゆっくり食べていて構わない」

「いいえ、お見送りも私の大事な役目です。こんな中途半端《ちゅうとはんぱ》な場所ではなく、ちゃんとした場所でお見送りさせてください」

「……わかった。お前がそう言うなら」

エメラリアの申し出に、アリステアは少しだけ渋《しぶ》るように言葉を詰《つ》まらせた。エメラリアはそんな彼の機微《きび》に気が付く。だが、それがいったいなんなのか、正体がわからない。

掃除《そうじ》のいき届いた豪奢《ごうしゃ》なエントランスホールは、しんとしていた。

アリステアが扉《とびら》の前で、エメラリアとジャディスに向き直る。

「今日も帰りは遅《おそ》くなる」

「では、お夕食は先にいただいておりますね」

「ああ。そうしてくれ。それから、俺が帰るまで起きていてくれるのは嬉しいんだが、それだとお前がつらいだろう。昨日も言った通り、先に寝《ね》ていても構わないんだぞ？」

「いいえ。先程《さきほど》も申し上げましたが、私は自分の役目を放擲《ほうてき》するつもりはございませんので。それに本を読んでいると、あっという間に時間は過ぎてしまいますから」

平気です、と意気込んでアリステアを見上げる。

アリステアは——薄《うっす》らとだが、やはり何か言いたげな表情を浮かべる。

「まぁ……ジャディスにも言われたからな。今日はお前の意見を尊重する。それでも、無理はするなよ。……事情もあるんだ」

声量を落としてアリステアは最後の台詞《せりふ》を付け足す。ジャディスに聞かれないようにするためだろう。精霊と愛し子のことを気にかけてくれているのだ。

「……では、いってくる」

「はい。お気を付けて。いってらっしゃいませ」

笑顔《えがお》を作り、アリステアを見送る。

そうして扉が閉まったあと、エメラリアはその荘厳《そうごん》な扉を見つめたまま後ろにいる家令に尋ねた。

「……ジャディス、私は正しいことができているのかしら」

自分は、手本通りのことをしている。間違っていないはずなのに、不安になる。

エメラリアがアリステアのためを思って行動しても、彼は困ったように返事をする。今も意地で自分の意見を通してしまった。

「奥様。出過ぎたことを申し上げますが、どうかお許しください。わたくしは、旦那《だんな》様がおっしゃることも正しいことだと思っております。……価値観の違い、というものでございますね」

「そうね。私と旦那様では大切に思っていることが違うみたい」

「育った環境《かんきょう》、性別、世情……影響《えいきょう》を受けるものはごまんと存在します。違うことが多くて当たり前なのです」

「……私だって全然理解できないわけじゃないの」

「ええ、奥様は大変聡明《そうめい》でいらっしゃいます。ですが、わたくしの目から見ても、少々ご自身を蔑《ないがし》ろにする部分がございますので……きっと、旦那様はそういうところを気にされているのだと思います」

「私、自分をそんなふうに扱《あつか》ってるつもりはないのに」

振り返ったエメラリアに、穏和《おんわ》な家令は顔をほころばせた。

「旦那様はお優《やさ》しい方ですから……。奥様はその優しさに少し甘えるくらいがちょうどいいのではないでしょうか？」

「甘える……」

ジャディスの言葉の意味を確かめるように、エメラリアは呟く。

ふと、結婚《けっこん》が決まったときに母が言っていた忠告を思い出した。

「……お母様も、似たようなことをおっしゃっていたわ」

「ウェリタス伯爵夫人でございますか？」

「ええ。『あなたは私が驚《おどろ》くほど極端《きょくたん》なところがあるから、侯爵家《あちら》でちゃんと甘えることを覚えなさい。アルジェント侯爵様なら受け入れてくれるでしょう』って。あのときは意味がよくわからなかったのだけれど……」

（旦那様に……甘える……）

エメラリアはもう一度心の中で繰《く》り返すが、どうしても想像ができない。

（そもそも甘えるって、どうすればできるの……？）

自分には必要ない——考えたこともない要求だった。

しかも結婚してから求められるとは、夢にも思わなかった。

（いったい、どうしたらいいのかしら……）

エメラリアはエントランスホールの高い天井《てんじょう》を見上げ、溜《た》め息をついた。

この日の夜からふたりの間のクッションはなくなり、普通に並んで寝ることになった。

相変わらず、次の日になると薬の効果が切れたエメラリアが、アリステアに抱《だ》きついているという問題を除き、ふたりはそれなりに平穏《へいおん》な日々を過ごしていた。

異変が起きたのは、そんな矢先のことだ。

（身体《からだ》が重い……）

エメラリアは数日前から続く不調に悩《なや》まされていた。

最初は慣れない生活で疲《つか》れが出たのかと思ったが、すぐに普通の風邪《かぜ》とは違うことに気が付いた。

体調を崩《くず》すのは、決まってアリステアのいない日中なのだ。しかも、彼が屋敷《やしき》にいるときは嘘《うそ》のようになんともない。この体調変化を考えれば、原因はおのずと精霊《せいれい》と愛し子が関係しているとしか思えなかった。

「やっぱりお兄様たちに相談したほうがいいかしら……」

自分以外誰《だれ》もいない私室で、エメラリアはふぅと深呼吸を繰り返す。

（最初の頃《ころ》より症状《しょうじょう》も重くなってるみたい。今日は特に……）

動くのが億劫《おっくう》なほどだるい身体を長椅子《ながいす》のクッションに預ける。

忙《いそが》しいアリステアたちに心配はかけまいと、ひとりでなんとかしようと頑張《がんば》ってきたが、先に限界のほうが近付いていた。

抱《かか》えている秘密の大きさのこともある。何か起きてからでは、それこそ迷惑《めいわく》になってしまうだろう。

エメラリアは迷った末、机の抽斗《ひきだし》から便箋《びんせん》を取り出した。

『今日の夜、ご相談したいことがあります。お兄様も一緒だと助かります』

少し考えてから、そうしたためて封《ふう》をする。

椅子から立ち上がったときに軽くめまいを覚えたが、振り切るようにエメラリアはジャディスのもとへ急いだ。


そして、次に意識が浮上《ふじょう》したとき、エメラリアの視界には見慣れた天井が映った。

ほどなくして、それがベッドの天蓋《てんがい》だと気付く。状況《じょうきょう》が飲み込めず、数度目を瞬《またた》いた。

「目が覚めたか？」

ぼんやりしていると左側から声がかかる。

首を傾《かたむ》ければ、安堵《あんど》の表情を浮《う》かべたアリステアが、椅子に腰《こし》かけていた。

「旦那、さま……？　どうして……」

まだはっきりしない頭で、なぜ彼がここにいるのか考える。窓の向こうは、やっと日が傾き始めたくらいで、まだ彼が屋敷にいるような時間ではない。

「ジャディスから、エメラリアが倒《たお》れたと知らせが届いて帰ってきたんだ」

「えっ」

倒れた。その言葉を聞いて起き上がろうとしたエメラリアをアリステアが窘《たしな》める。

「まだ寝ていたほうがいい」

再びベッドに戻《もど》されたエメラリアの頭を大きな手のひらが優しく撫《な》でた。彼の手のほうが温度が低いのか、額に触《ふ》れるとひんやりとしていて気持ちがいい。

体調も彼が近くにいるおかげでずっと楽になった。同時に、何があったかもはっきりしてくる。どうやら、ジャディスに使いを頼《たの》んだ以降の記憶《きおく》がないことから、そこで気を失ってしまったらしい。

問題が起きる前に相談しようとしたのに、完全にそのタイミングを見誤ってしまった結果だ。目の前で倒れるなど、ジャディスにも悪いことをしてしまった。

「ご心配をおかけして申し訳ありません」

「謝らなくてもいい。具合が悪いときはお互《たが》い様だからな」

安心させるように表情を和《やわ》らげたアリステアは、自分の部屋にも戻らずにずっと看《み》ていてくれたのだろう。見上げた姿は、コートは脱《ぬ》いでいたが、よく見れば団服のままだ。

「こっちでの慣れない生活で、疲れが出たんじゃないかと医者は言っていたが……」

気になることがあるのか、話を中断したアリステアは、サイドテーブルに置いてあった紙を広げて見せてくれる。

薄紅色《うすべにいろ》の便箋に、必要最低限の内容が書かれた簡素なそれは、自分が彼に宛《あ》てて書いたものだった。ジャディスが無事に届けてくれていたらしい。

「手紙は読んだ。ヴィオはエメラリアの容態のこともあったから今日は連れてきていないが、あいつもこの手紙を読んで気を揉《も》んでいた。倒れた原因は、俺たちに話そうとしていたことと関係あるのか？」

心配そうに曇《くも》る瞳《ひとみ》が、エメラリアを見つめる。

こうなってしまったら、アリステアだけでも先に事情を説明したほうがいいだろう。

「実は――」

エメラリアはここ数日あったことを説明した。

一通り話し終えたあと、アリステアは溜め息をつき視線を逸《そ》らす。

「そんなに前から体調がよくなかったのか……」

「すぐにご相談せず、黙《だま》っていて申し訳ございません」

「いや……気が付かなかった俺が悪い……」

「………」

「…………」

重い空気を纏《まと》った沈黙《ちんもく》が続く。なんとなくそれがよくないことのような気がして、エメラリアは急いでかける言葉を探した。

「で、ですが、旦那様《だんな》が屋敷にいる間は全然平気だったんです。だから余計に起こっていることを軽視してしまって……私が迷わず、きちんと初めから相談していればよかったんです。旦那様は悪く――」

「違《ちが》う。そういうことを言わせたいんじゃない」

誰の発言かわからないほど、その声は冷ややかで鋭《するど》かった。

夫婦《ふうふ》になってから初めてはっきりと聞いた怒気《どき》を含《ふく》んだ声に、エメラリアは、旦那様は悪くないという言葉を呑《の》み込むしかなくなった。

さらにその直後、アリステアの周囲の空気が変わる。

彼の身体から次々と湧《わ》き上がってきたのは――黒く蠢《うごめ》く靄《もや》。

(これ、は……)

エメラリアはこれ以上ないほど双眸《そうぼう》を見開いた。

黒煙《こくえん》のように生れ出るそれは、アリステアの感情が表に現れた姿だった。

自分の中に流れる精霊の血が視《み》せている、人間の負の深層だ。

ぐわん、とアリステアの纏う黒い靄が揺《ゆ》れ、エメラリアの肌《はだ》を撫でる。引き攣《つ》った声が出そうになって、エメラリアは唇《くちびる》を噛《か》んだ。緊張《きんちょう》した眼差《まなざ》しが釘付《くぎづ》けになる。

この靄に恐怖《きょうふ》を抱《いだ》いていたのは昔の話だ。冷静に、客観的に、物事を捉《とら》える努力をして、恐怖を払拭《ふっしょく》してきた。どんなことがあっても動じない自信もあった。

（もう大丈夫《だいじょうぶ》だと思ってたのに……）

エメラリアは怖《こわ》いという感情を、自分の夫に向けていることに愕然《がくぜん》とした。

どうしてこんなことになってしまったのかが、わからない。

エメラリアが己《おのれ》を律してきたのも、相手に不必要な感情を生ませないためだったはずなのに。

今、アリステアはエメラリアに怒《おこ》っている。

シーツがしわくちゃになるほど、きつく握《にぎ》りしめた手のひらが痛い。

瞼《まぶた》を閉じた瞬間《しゅんかん》、星が零《こぼ》れ落ちるように黄金色《こがねいろ》の瞳から雫《しずく》が流れ出た。

アリステアが息を呑んだのもそのときだった。

「……っ、すまない……」

押し殺すように呟《つぶや》き、アリステアは顔をそらす。

（また、旦那様を困らせてしまったわ……）

これっぽっちも理想のようにいかないことばかりだ。自分の感情も、夫婦生活も。調子の悪い日が続いたせいか、一度弱くなった気持ちはどんどん深みに落ちていく。だからだろうか。尋《たず》ねるつもりもなかった思いが口を衝《つ》いた。

「………わたし……、旦那様の、お役に立てていますか……？」

弱々しく紡《つむ》がれた問いかけに、アリステアが弾《はじ》かれたように顔を上げた。

「そんなの、当たり前だ……！」

アリステアは膝《ひざ》に置いていた拳《こぶし》を握りしめる。

「俺が安心して仕事に行けるのは、エメラリアが留守の間もしっかり屋敷を守ってくれているからだ。そのために一生懸命《いっしょうけんめい》勉強してくれていることも知っている。まだ慣れないことも多いだろうに、それこそ自分の身体《からだ》より他人を優先するくらい頑張ってくれているんだぞ。それがどうして役に立たないだなんて言うことができるんだ！」

周囲の空気が揺れ、あらわになった感情が複雑に絡《から》み合った。

声を荒《あら》らげるなど、またもやアリステアらしくない態度に、エメラリアはシーツに縫《ぬ》い付けられたかのように動けなくなった。しかし、怖いというよりは驚《おどろ》きのほうが大きい。

彼自身もそんなエメラリアの反応で我《われ》に返ったのか、わずかに頬《ほお》を染め、視線を彷徨《さまよ》わせた。

「なんだ、その……つまり、俺が伝えたいことはだな。お前は平然としていることが多くて、俺が感謝しているようなことは、もしかしたらお前にとっては大したことじゃないのかもしれない。だが、それは違う。どんなに朝が早くても、どんなに帰りが遅《おそ》くなっても、そこにいて声を聞かせてくれる。それだけで俺は、エメラリアと結婚《けっこん》してよかったと思っている」

少しずつ本音を語るアリステアの周囲からは、徐々《じょじょ》に靄が薄《うす》れていった。

嘘《うそ》も偽《いつわ》りもない気持ちに、エメラリアはふわふわとした、むず痒《がゆ》い感覚を覚える。

嬉《うれ》しい……そう思った。ちゃんとエメラリアを見ていてくれたことも。頑張《がんば》りを認めてくれたことも。一緒《いっしょ》になってよかったと言ってくれたことも。ついさっきまで感じていた不安を拭《ぬぐ》い去ってしまうほどに。

「旦那様」

エメラリアは、自分の奥底から溢《あふ》れそうになる感情に駆《か》られるまま、身体を起こした。ふらついたところを透《す》かさずアリステアが支えてくれる。

「あの、ありがとうございます……嬉しいです。旦那様にそうおっしゃっていただけて」

窺《うかが》うように見上げ、拙《つたな》いながらに思いを伝える。

アリステアは一瞬目を見開いたあと、緊張を解くように顔をほころばせた。

「そうか。それを聞けて安心した。……実は、お前に聞いてほしい話がある」

「なんでしょうか？」

「これは俺の希望でもあるんだが……エメラリアとは主従のような一方的な関係ではなく、もっとお互いを想《おも》い合う夫婦になりたいと思っている」

「想い合う……？」

「ああ。エメラリアが俺のことを気遣《きづか》ってくれるように、俺もエメラリアのためにできることはやりたい。この際だからはっきり言ってしまうが」

向かい合うように座り直したアリステアの手が、肩《かた》から離《はな》れ両手を握った。

「さっき俺は、夜遅くに帰っても待っていてくれることが嬉しいと言った。その気持ちに嘘はない……だが、無理に俺と生活を合わせる必要はない。それに他《ほか》にも。食台に並ぶ料理が以前と変わらないこともそうだ」

アリステアは、エメラリアがシェフに頼《たの》んで彼の好物を用意してもらっていたことに気付いていた。

「新しい家族が増えたのに、その家族の好きなものが食事に出ないなんて寂《さび》しいだろう？そんなところまで俺を優先して、自分を卑下《ひげ》することはしなくていい。お前は使用人ではなく、俺の妻としているんだから」

アリステアは優《やさ》しく説くが、その話にエメラリアは柳眉《りゅうび》を寄せた。

「私は……自分をそんなふうに扱《あつか》っているつもりは…………いえ、違いますね。きっと、こういう考え方が間違っているのですね……」

『奥様はご自身を蔑《ないがし》ろにする部分がございますので』──ふと、エメラリアは先日のジャディスとの会話を思い出し、俯《うつむ》いた。同時に母の台詞《せりふ》が頭の中を廻《めぐ》る。

「すべてを否定するわけじゃない。お前も、大変な家に産まれたんだ。役目と立場を守ることは、それだけ揉《も》め事も起きにくいだろう。きっと正しいと言う奴《やつ》も多くいる」

「……でも、旦那様はそうではないのですね」

「……ああ。それだけではあまりにも無機質だ。俺は、エメラリアの努力が、自分も他人も顧《かえり》みない独り善がりであってほしくはない。その向こう側に立っているのは意思のある人間なんだ。本当にその人のことを想うなら、自分の行動の意味を考えてみてほしい」

アリステアはこれ以上ないくらい、優しく、そして強く、握る手に力をこめた。

「私、旦那様がおっしゃったことはすべてではないかもしれませんが、わかるような気がするのです。……わかりたい、です。……でも」

握られた場所は違うのに、喉《のど》の奥がツンと痛む。

唇を噛み締《し》めると、アリステアがそっとエメラリアを抱《だ》きしめた。

「時間はたくさんある。ゆっくりでいい」

幼子をあやすように背中を撫《な》でられる。

「だ、旦那《だんな》様……」

包み込まれるような熱に恥《は》ずかしさを覚え、尻《しり》すぼみに彼を呼んだ。

普段《ふだん》はエメラリアから抱きしめているせいか、触《ふ》れている部分を余計に意識してしまう。

ドキドキと鳴る心臓の音は自分のものなのか。はたまた彼のものなのか。

ただ、その音を心地《ここち》よく感じているのも確かだった。


(――私……この方を好きになりたい……)


気が付けば、ふっとそんな思いが胸の中に浮《う》かび上がった。

それは、尊敬でも憧《あこが》れでもない――恋《こい》。

あの、いつか見た彼に恋する令嬢《れいじょう》たちのように。

こんなに自分のことを想ってくれる、アリステアに恋をしたい。

(ああ……でもそんなこと、今の私にできるの……?)

しかし、同時に悟《さと》る。

エメラリアは自分自身の意思で、アリステアのことを好きになりたかった。

でも現実は無情だ。エメラリアが精霊《せいれい》で、アリステアが愛《いと》し子という関係はこれからも続く。いつ終わるかもわからない。

だとしたら、自分がアリステアに惹《ひ》かれる気持ちと、精霊が愛し子に惹かれる気持ちの境界は、果たしてどこにあるというのだろう。
精霊の血は、どこまで心を食っているのだろう。
薬は、どこまで自分を自分で居させてくれるのだろう。
頭の中を、答えのない不安が駆け巡《めぐ》る。
エメラリアは、アリステアに見えないところでほろりと一筋の涙《なみだ》を零した。
(それでも……私は私の心でこの方を愛せるようになりたい……)
――自由な心を手に入れたい。
この幻想《げんそう》を求めるかのような願いは、いったいどこに向かおうとしているのだろうか。

【第三章】王女とコルセット

レシュッドマリー王国の王宮は、白亜《はくあ》の王宮と呼ばれている。

名前の由来となった白大理石の外壁《がいへき》に、左右対称《さゆうたいしょう》の翼棟《よくとう》を持ち、広大な庭園を望む姿は、まるで一羽《わ》の鳥が舞《ま》い降りた瞬間《しゅんかん》を切り取ったかのように美しい。

戦争の終結とともに建造され、国民からは平和の礎《いしずえ》としても崇敬《すうけい》されていた。

王宮内には、王族の私室や執務室《しつむ》、客室《ゲストルーム》はもちろんのこと、ボールルームやサロン、礼拝堂など、様々な用途《ようと》で使われる部屋がいくつも存在する。漆喰《しっくい》の飾り迫縁《アーキヴオールト》、天井《てんじょう》のフレスコ画、歴代の王の繊巧《せんこう》な銅像——細部まで拘《こだわ》り抜《ぬ》かれた王宮内は、訪《おとず》れる者たちの目を奪《うば》った。

その洗練された美しさは、周囲に点在する離宮《りきゅう》も負けてはいない。

白薔薇《しろばら》が咲《さ》き誇《ほこ》る緑豊かな王女の宮殿《きゅうでん》——孔雀宮《くじやく》もそんな離宮のひとつだった。

だが、現在そこにいるエメラリアにせっかくの花を愛《め》でる余裕《よゆう》はない。辺りをキョロキョロと見回し、離宮の主《あるじ》の名前を呟《つぶや》いた。

「ミルシェ様、どこに行ってしまわれたのでしょう」

背の高い緑廊《パーゴラ》と生垣《いけがき》に阻《はば》まれ、迷路《めいろ》のようになった庭でエメラリアは晴天を仰《あお》いだ。

発端《ほったん》はエメラリアが倒《たお》れた次の日に遡《さかのぼ》る。

「エメル！　よかった、元気そうで」

ヴィオがアルジェント侯爵邸《こうしゃくてい》にやってきたのは、その日の昼前のことだった。

「ご心配をおかけしました。お兄様」

アリステアと一緒《いっしょ》に客室に行くと、長椅子《ながいす》から立ち上がったヴィオがぎゅうと抱擁《ほうよう》してくる。

「本当だよ。エメルは昔からつらくてもひとりで頑張《がんば》ろうとするんだから。今はアリスだっているんだし、これからは困ったことがあったら遠慮《えんりょ》せずにちゃんと頼《たよ》る！　いい？」

「は、はい……すみません……」

「……まぁ、アリスがそばにいれば問題なさそうで安心した」

ヴィオは改めてエメラリアの顔色を窺う。

エメラリアは昨日、体調が良くなってから、自分の状況《じょうきょう》をしたためた手紙をウェリタス家宛《あて》に出していた。その内容に、アリステアがそばにいると元気でいられることも書いたのだ。

「手紙は父さんにも読んでもらって、原因についてもいろいろ話し合ってきた」

「ウェリタス伯爵《はくしゃく》はなんと？　エメラリアは大丈夫《だいじょうぶ》なのか？」

身を乗り出すように尋《たず》ねるアリステアに、ヴィオはこくりと頷《うなず》いた。

「うん。とりあえず説明する」

いつかと同じようにテーブルを挟《はさ》んでヴィオの正面にエメラリアとアリステアが座る。先に人払《ひとばら》いを済ませてあったため、部屋の中には三人しかいない。

「そもそも愛し子自体出会えるのが稀《まれ》だから、ほぼ症例《しょうれい》がないのも判断が難しい理由なんだけど、今回の体調不良は、アリス――愛し子の魔力《まりょく》のせいだと思う」

「それは……香水《こうすい》が与《あた》えた魔力のことだよな？」

アリステアがじっと自分の手のひらを見つめる。

精霊の香水は、普通の人間を愛し子に変える魔法道具。特徴《とくちょう》は、『香水』と銘《めい》打っている通り、愛し子特有の魔力を身に纏《まと》わせるところにあった。目視できずとも、解除魔法を使用しない限り、その魔力はアリステアの周囲を常に覆《おお》っている。

当初その魔力でできるのは、精霊を惹き付けて言葉で従わせるだけだと考えていたが。

「依存性《いぞんせい》、ですか……？」

エメラリアは、新たにわかった香水の不穏《ふおん》な役割に顔を曇《くも》らせた。

「うん。一度従えた精霊が逃《に》げないようにね。言葉での支配と合わせて、二段構えで作ったんだと思うよ。だから、エメルがアリスの魔力の及《およ》ぶ範囲《はんい》にいないと体調を崩《くず》すのは、中毒による禁断症状と言っていいと思う」

「……なんとなくそんな気はしていましたが、身体《からだ》が愛し子を求めていたのですね」

「加えてエメルの場合は、薬の効果が切れてる夜中《よじゆう》、アリスと一緒にいる時間が長かったのもあるはず。じゃなかったら、今頃《いまごろ》俺も同じ症状に悩《なや》まされてただろうから」

事件のあった日以降、アリステアに会うときは必ず薬を服用しているヴィオが言う。

「あとは、すごく基本的なことなんだけど、俺たちって人間と精霊の血の均衡《きんこう》が崩れると、体調に影響《えいきよう》が出るんだよ。アリスと一緒に暮らすエメルは、愛し子の魔力にどっぷり浸《つ》かったり、薬で抑《おさ》えつけられたり、身体が忙《せわ》しない状態でいたのがよくなかったんだろうね」

難しい顔をするヴィオに、聞き手に徹《てっ》していたアリステアも考えるように唸《うな》る。

「そうか……未知の物とはいえ、もっと警戒心《けいかいしん》を持つべきだったな……。すまない、エメラリア。魔法事件を担当する人間だというのに、考えが足りてなかった」

「そ、そんなっ、旦那様が悪いわけでは――」

アリステアがこちらを向き謝る姿に、エメラリアは慌《あわ》てた。咄嗟《とっさ》に身に染《し》みてしまっている言葉が口を衝《つ》きそうになるが、ハッとなり口を結ぶ。

「い、いえ……これは仕方のなかったことです。誰《だれ》かが特別悪かったわけではありません。

ですから、旦那様が罪悪感を覚える必要はないと思います……！」

昨日の一連のやり取りが、頭の中で蘇《よみがえ》る。

ぎこちないながらに気持ちを言葉にすれば、アリステアには変わろうとしているエメラリアの思いがしっかり伝わったらしい。

「ああ、そうだな。ありがとう」

こちらを見る瞳《ひとみ》が優《やさ》しい色を宿す。エメラリアはその様子にほっと胸を撫《な》で下ろした。

「……えっと……ふたりとも何かあった？　なんか前と雰囲気《ふんいき》違《ちが》くない？」

「えっ！　な、何もありませんよ……！」

こういう心胸の機微《きび》には聡《さと》いヴィオに、探《さぐ》るような目線を向けられる。すっかりその存在を忘れそうになっていたエメラリアは、頬《ほお》を紅潮させた。アリステアからすすすと距離《きょり》をとる。横でアリステアが小さく笑った。

「お、お兄様、それより話の続きを。解決策などはあるのでしょうか？」

「そうだな。俺も、方法があるなら知りたい」

「うん、そうだよね……でも、ごめん。父さんとも話したけど、現状できるのは魔力の及ぶ範囲がいったいどのくらいなのかを調べて、エメルはその範囲内で行動するように心がけるくらいしか、俺たちもわからなくてさ」

「そうですか……やはり難しい問題なのですね」

きっと一生懸命《いっしょうけんめい》調べてくれたであろう兄と父でも、どうしようもならない事態に、エメラリアはしゅんと肩《かた》を落とす。

(どうしよう……私がこのままだと旦那様《だんなさま》のお仕事に支障が……)

それこそ騎士《きし》団は、精霊の香水の事件を捜査《そうさ》している。足を引っ張るようなことはしたくないというのに。

「エメラリア、そんなに落ち込むな。お前だって言ってくれただろ。今の状態は誰も悪くない。困難も協力すれば乗り越《こ》えられる。そのための夫婦《ふうふ》だ」

「そうだよ。今はまだ方法がないってだけで父さんも模索《もさく》してくれてるし、俺だって力を貸すからさ」

「旦那様、お兄様……ええ、そうですね。私も、自分ができることを頑張ります！」

「もちろん無理はせず、ほどほどにね？」

エメラリアに念押しするヴィオは、いつもの飄々《ひょうひょう》とした明るさで続けた。

「じゃあ、こっちは先に、できることから始めよう」

そうして三人で話し合ったあと、早速愛し子《さっそくいと》の魔力の及ぶ範囲の調査が始まった。

すると不幸中の幸いなのか、意外にもその範囲は広く、それこそ広大な敷地《しきち》面積を持つ王宮で、別々に過ごしていても平気なくらいには影響力があるとわかった。

ならばと、経緯《けいい》を知った父が平常時から王宮にいられるよう、エメラリアに仕事をくれた。

それが、たった今エメラリアが王宮にいる理由だ。

仰《おお》せつかった役目は、王女ミルシェの話し相手《コンパニオン》。

ミルシェは、国王と後妻の間に産まれた今年で十歳になる末姫《すえひめ》である。

彼女は、数年前に母親を亡《な》くしてからはひとりでいることがほとんどで、家族は他《ほか》にふたりの兄王子がいるが、腹違いだったり歳《とし》も離《はな》れていたりと、様々な理由で孤立《こりつ》していた。

それ故《ゆえ》に寂《さび》しさを抱《かか》えた彼女に強く出られる者はおらず、わがまま放題に育ってしまったのだという。

彼女を取り巻く大人たちは、最近になってやっとこのままではまずいと危機感を持ったようで、いろいろな策を講じているらしいが、いまだどれも成果は出ていなかった。

家庭教師《ガヴァネス》を雇《やと》っても、ミルシェが追い返してしまい長続きしない。だったらと、歳の近い令嬢《れいじょう》たちを呼んでも、泣かせるか怒《おこ》らせるかで協調性の欠片《かけら》もない。終《しま》いには一番親しかった乳母《うば》の言葉にさえ、近頃《ちかごろ》は反発するようになり、離宮《りきゅう》の人間たちは完全に手をこまねいていた。

そんな八方塞《はっぽうふさ》がりのときにやってきたのが、エメラリアの父だ。

もう試《ため》せることは全部試そうと、半分自棄《やけ》になった大人たちは、ふたつ返事でエメラリアをミルシェのコンパニオンに選んだのだった。

あらましを聞かされたエメラリアは不安も大きかったが、何よりミルシェのことを思うと、一度会ってみたいという気持ちのほうが勝った。それに、アリステアにも大丈夫だと励《はげ》まされたからだろうか。思いのほか躊躇《ちゅうちょ》することなく、エメラリアはその役目を引き受けたのだった。

そして迎《むか》えた初出勤日。

離宮の東屋《ガゼボ》に案内されたエメラリアを待っていたのは、慌てふためく使用人たちだった。

「申し訳ありません。アルジェント侯爵《こうしゃく》夫人！　王女なのですが、ただ今行方《ゆくえ》不明でして……！　あ、いえ、いつものことなのでそんなに心配しなくても大丈夫《だいじょうぶ》……いや、大丈夫ではないのですが！　今、使用人総出で捜《さが》しているので、もう少しこちらでお待ちいただければと……！」

息を切らした使用人は、走ったせいでヨレヨレになったエプロンとキャップを正し、エメラリアにぺこぺこと頭を下げた。

話を聞く限り、どうやらミルシェはこの広い庭園を毎日巧《たく》みに逃げ回っているらしく、今日も見つかっていないのだという。

エメラリアは、早急《さっきゅう》に立ち去ろうとした侍女《じじょ》を呼び止めた。

「待って。私も捜すのを手伝います」

自分もここには一応役目があって来ているのだ。ひとりだけ椅子《いす》に座って待っているのは、性《しょう》に合わなかった。

侍女はその申し出が少し意外だったのか、一瞬《いっしゅん》ポカンとした表情を浮《う》かべたが、猫《ねこ》の手も借りたいといったところだろう。再び壊《こわ》れたおもちゃのようにぺこぺこと頭を下げ、エメラリアにこの庭園やミルシェのことを手早く説明してくれた。

かくして、急遽《きゅうきょ》エメラリアもミルシェの捜索《そうさく》に加わることとなった。

……のだが。

「ここはさっきも通ったような……気のせい……?」

想像以上の広さを誇《ほこ》る庭に、早くもエメラリアは迷子になりそうだった。

何しろこの孔雀宮《くじゃくきゅう》は、離宮の中でも特に庭が広い。緑が多いことから、同じ色の羽を持つ孔雀が名前の由来になったくらいだ。青々と生《お》い茂《しげ》り、優しい木漏《こも》れ日を作る緑廊も、庭師によって形良く整えられた生垣《いけがき》も、人捜しをしている間は単なる迷路《めいろ》の障害物でしかない。

「ミルシェ様、いらっしゃったら返事をしてください」

たまに使用人たちとすれ違いながら、エメラリアは石畳《いしだたみ》を進んでいく。

すると、突然《とつぜん》背後の生垣がガサガサと音を立てた。

「ミルシェ様！」

エメラリアは音のした生垣に素早《すばや》く駆《か》け寄った。

『にゃあ』

「……猫」

緑の塊《かたまり》からひょっこりと顔を出したのは、オレンジ色の縞模様《しまもよう》が入った茶色の猫だった。

「ここで飼っている子かしら」

転がり出た体は小さく、まだ子どものようだ。にゃあ、と鳴いてエメラリアのドレスに擦《す》り寄る。しゃがんでそっと腕《うで》に抱えると、嬉《うれ》しそうにその中で丸くなった。

よく見ると首には赤いリボンが付いており、金色のプレートに文字が彫《ほ》ってある。

「これはあなたの名前？　えっと、シ……」

「シシィ！　どこ行ったの、シシィ！」

エメラリアがプレートを読もうとした瞬間、声とともに前方から足音が聞こえた。

ガサッと生垣が一際《ひときわ》大きな音を立てて揺《ゆ》れ、その隙間《すきま》からひとりの少女が勢いよく飛び出してくる。

少女は人がいるとは思わなかったのか、生垣に手を乗せたまま動きを止めた。猫が腕の中で何事かを確認《かくにん》するように首を伸《の》ばす。

「……ミルシェ様でいらっしゃいますか？」

この離宮に王女と同じくらいの歳の子どもはいない。ほぼ間違《まちが》いなく、使用人たちが血眼《まなこ》になって捜している王女だと確信する。

意志の強そうな榛色《はしばみいろ》の瞳に、癖《くせ》のある栗色《くりいろ》の髪《かみ》と、赤い大きなリボン。それから同色のドレス……は、走り回ったせいなのか、先程《さきほど》出会った使用人並みに着崩《きくず》れているが、特徴《とくちょう》も事前に聞いていたものと一致《いっち》していた。

「あなた誰《だれ》？　新しい侍女……ってわけじゃないわよね」

ミルシェはエメラリアを品定めするように、上から下まで視線を滑《すべ》らせた。

「挨拶《あいさつ》が遅《おく》れて申し訳ございません。私は、今日からミルシェ様のコンパニオンになったエメラリア・ウェリタスと申します」

とにもかくにも、まずは第一印象だ。エメラリアは子猫を抱えたまま、ミルシェに柔《やわ》らかく微笑《ほほえ》みかけて挨拶をする。

ところが、肝心《かんじん》の王女は興味がないのかにこりともしない。

「ああ、あなたがそうなの」

周囲の人から話を聞いていたのか、驚《おどろ》いた様子もなく、返事は素っ気なかった。

「でも、せっかく来てもらったのにごめんなさい。私に話し相手は必要ないの。あなたと話すことなんてないもの。わかったらその子を返して、ここから出て行って」

きっと以前雇われた家庭教師たちにも、同じようなことを言っていたのだろう。彼女自身も、事あるごとに入れ代わり立ち代わりやってくる外の人間に飽《あ》き飽きしているようだった。

(無理《むり》矢理《やり》コンパニオンの話を進めるのはよくなさそうだけど……何かいい方法はないかしら)

ミルシェの意思に背《そむ》いて強引《ごういん》に進めるのは簡単だ。でもそれでは意味がない。聞いていた通り、いや、それ以上にミルシェは孤独《こどく》だった。エメラリアにしたように、他人を遠ざけることで一層の孤独を作っている。そんな悲しいことはないのに、きっとエメラリアが抱《だ》いているこの猫《こ》しか、理解者はいないと思い込んでいるのだ。

『にゃあ〜〜』

だが、唯一《ゆいいつ》の理解者であるシシィと呼ばれたその猫は、飼い主のところに戻《もど》るどころか、大きく鳴いてエメラリアの腕の中に潜《もぐ》り込んだ。

「もう！　シシィ、どうしたっていうのよ。いつもは私以外に懐《なつ》かないのに！」

頰《ほお》を膨《ふく》らませるミルシェに、エメラリアは内心困った。

シシィがエメラリアに懐くのには理由があるからだ。

ウェリタス家の人間は、エメラリアに限らず昔から動物に好かれる傾向《けいこう》がある。精霊《せいれい》は自然を司《つかさど》り、植物や動物を守る存在だ。彼らは本能でそれがわかっているのか、こうしてそばを離れないなんてよくあることなのだ。

けれど、これはチャンスでもある。

（シシィのおかげで、まだ追い出されずにすむかもしれない）

「ミルシェ様、お願いがあるのですが」

「何よ」

素直《すなお》に従わないシシィに苛立《いらだ》っているミルシェの返事はさっきよりも雑だ。

エメラリアはこれ以上、ミルシェを刺激《しげき》しないよう慎重《しんちょう》に言葉を選ぶ。

「ミルシェ様が私と話したくないとおっしゃるなら、それで構いません。私からも余計なことは喋《しゃべ》りません。でも、気まぐれに私に懐いたこの子のためなら、近くにいてもよろしいでしょうか？　猫は自由な生き物ですから、この子が私に興味を示さなくなったときに、ここを出て行くというのはどうでしょう？」

ここにいるのはあくまでもシシィのためだと伝える。

ミルシェは警戒《けいかい》するように口を引き結んだ。シシィのことを考えているのか、すぐに嫌《いや》だと反発しないところを見ると、決して自分勝手なだけの性格ではないことがわかる。

「……どうせ、すぐには帰れないからそのための口実でしょ……でも、いいわ。シシィのために付き合ってあげる。シシィがすぐにあなたに飽きても文句は言わないでよね」

「もちろんです」

よっぽどのことがない限り、シシィがエメラリアを嫌がることはない。飽きる飽きない以前の問題なのだから。我《われ》ながら狡《ずる》い方法だと思うが、この際背に腹はかえられない。

「それじゃ、行くわよ」

「どこかに行かれるんですか？」

踵《きびす》を返したミルシェは振《ふ》り向き、生垣の向こうを指差した。

「私たちがいつも遊んでるところよ」

腕に抱いたシシィが、行くぞと命令するように、にゃあと勢いよく鳴く。

それからしばらく、ミルシェは入り組んだ道を迷いなく進んでいった。

どんどん建物から遠ざかり、やっとミルシェが立ち止まった場所は、孔雀宮の敷地《しきち》の隅《すみ》っこだ。幅《はば》のある石畳で隔《へだ》たれた先は、もう別の離宮《りきゅう》の敷地がある。

隣《となり》は、孔雀宮ほど庭は広くはないものの、それ以上に空に向かってそびえる塔《とう》が印象的な離宮だった。空の中にまっすぐ佇《たたず》む姿は、崇高《すうこう》な雰囲気《ふんいき》さえ醸《かも》し出している。

（あちらは確か瑠璃鶫《るりつぐみ》宮という名前の離宮だったはず……近くで見るのは初めてだけれど、こんなに高い建物だったのね）

瑠璃鶫宮は孔雀宮同様、王族の住まいとなっているようで、現在はミルシェの兄にあたる第二王子がそこの主《あるじ》だという話を聞いたことがある。

第二王子は少々変わり者という噂《うわさ》があり、公《おおやけ》の場にも姿を見せることが少ない。エメラリアも遠目からしか見たことがない王子だった。

「先に言っておくけど、ここのこと、誰にも話さないでよね」

隣の離宮に気を取られていたエメラリアは、先を歩いていたミルシェの声で我に返った。

「はい。誰にも口外いたしません」

「ふん。それなら、まぁいいわ」

エメラリアの返事にひとまず満足したのか、ミルシェはずんずん芝生《しばふ》に入っていった。

敷地の隅っこ、と言っても、踏《ふ》み込んだ芝生はきちんと手入れが行き届いていて、メレンゲのように柔らかだ。生垣《いけがき》より背の高い木が数本植えられており、彼女程度の体格なら、木の陰《かげ》に隠《かく》れれば簡単には見つからないだろう。奥まったところにあるため、使用人たちもそんなに捜《さが》しにくる場所ではなさそうだ。

エメラリアは、辿《たど》り着いた芝生の上にシシィを下ろしてあげた。

自由になり飼い主のもとへ駆《か》け寄ると思いきや、やはりエメラリアの周りをうろうろしている。

「本当にあなたのことが好きなのね。美人だからかしら？」

「顔……というより、単純にこの子の好きな匂《にお》いでもするのではないでしょうか」

本当の理由を教えるわけにもいかず、わからない振りをして誤魔化《ごまか》す。

「それもそうね。あなたみたいに美人もいたけど、この子顔引っ掻《か》いてたもの」

ミルシェは肩《かた》を竦《すく》めると、近くにあった木に寄りかかるように座った。

エメラリアも近過ぎない位置に腰《こし》を下ろそうとして、ふと動きを止めた。

木の根元に何か落ちている。

「これは……？」

「あっ！」

思わず拾ってしまったそれは、エメラリアもよく知っているものだった。庭に置いておくには少々……というか大分似つかわしくない代物《しろもの》である。

「コルセット、ですね」

「もう！　わざわざ拾わなくてもいいのに！」

顔を真っ赤にして怒《おこ》るミルシェに、エメラリアはひとつ合点《がてん》がいった。

走り回ったといっても、やたらと着ているドレスがよれていると思っていたのだ。手伝いもなく脱《ぬ》ぐのは難しいだろうに。まさかこんな器用なことができるとは。

上質なシルクに刺繍《ししゅう》が施《ほどこ》されたコルセットは、無慈悲《むじひ》にもその繊細《せんさい》さが仇《あだ》となったのか、ところどころ芝が刺《さ》さっている。

「勝手に拾って申し訳ございません。ですが、こんなにきれいなコルセットです。汚《よご》してしまってはかわいそうですから、遊んでいる間は私が持っておきますね」

エメラリアは刺さっている芝を丁寧《ていねい》に払《はら》い除《の》けた。

もしかしたら、また勝手をするなと口を挟《はさ》んでくるかと思ったミルシェは、黙《だま》ってその様子を眺《なが》めている。

「あなたはそれを着けろとは言わないの？」

コルセットがきれいになった頃《ころ》、無言だったミルシェが口を開いた。質問の意味をすぐに理解できてしまったのは、同じように貴族社会で生きている女性故《ゆえ》だろうか。

他《ほか》の人の手本となるように、常に王女らしく振る舞《ま》えと周囲は諌《いさ》めるけれど、あなたはそうではないのか――エメラリアにはそう聞こえた。

「私は……無理に着けてほしいとは思っておりません」

「どうして？　私に気に入られるために味方になるつもりなら、そんなの通用しないわよ」

「そんなものではなく、本心からです」

「だったら、昔のあなたも今の私みたいだったということかしら？　使用人たちの目を盗《ぬす》んで、庭に隠れて遊んでいるような。だから気持ちがわかるとでもいうの？」

「私はミルシェ様とは逆です。子どもの頃から両親や周囲が言うことはいつも正しいと思っていて、疑いもしていませんでした」

「何よそれ。だったらなんで他の人と違《ちが》うのよ。訳がわからない」

思ったままを口にするミルシェは感情に素直だ。裏も表もない。

エメラリアには、先程《さきほど》からずっと黒い靄《もや》がしっかりと感じ取れていたが、恐怖《きょうふ》はなかった。それよりも彼女の抱《かか》える陰《かげ》をなんとかしてあげたいと願っていた。

自分にそこまでのことができるか自信はない。けれど、この仕事を受けることに賛成してくれたアリステアのことを思い出すと勇気が湧《わ》いた。

「あえて理由を述べるなら、私の夫が『特別』と言ってくれたから、でしょうか」

数日前は大変だった。アリステアに仕事は早退させるわ、怒らせるわ、泣き顔は晒《さら》すわで、今考えても穴があったら入りたいくらいの醜態《しゅうたい》を彼の前でぶちまけた。

しかし、それと同じくらい……それ以上に、嬉《うれ》しいことがあった。

「あの方は、私が今まで当たり前にやってきたことを、特別だと言ってくださいました。私はそこで初めて自分のやってきたことの意味を見つけられたような気がしたのです」

目を閉じると、あのときの優《やさ》しい表情を今も瞼《まぶた》の裏に描《えが》くことができた。

「そんなの、私は知らないわ。いったいどんな意味があるというの」

ミルシェが足下《あしもと》にやってきたシシィを抱《だ》き上げる。

怒《いか》りや不安や焦《あせ》り。シシィはミルシェが持つそれらをまるで理解しているかのように、彼女に寄り添《そ》った。飼い主のことをちゃんと勇気付けてあげられる賢《かしこ》い子である。

「ミルシェ様。あなたは一国の王女です。遅《おそ》かれ早かれ、然《しか》るべき教養は身に付けなければばならないでしょう……ですが、それが独り善がりでは、きっと視野を狭《せば》めてしまいます」

これは、あのときに彼が教えてくれたことのひとつだった。

エメラリアはミルシェに近付き、目線を合わせるようにそっと腰を落とす。色んな感情が混ざり合った瞳《ひとみ》が揺《ゆ》れている。その姿が以前の自分と重なって見えた。

自分にはアリステアがいた。だから、気が付くことができた。

(私にも同じことができるでしょうか)

ミルシェのコルセットを握《にぎ》りしめ、自分の気持ちが伝わるように祈《いの》る。

「私がコルセットを締《し》めるのは夫のためなんです。彼が築いてきたものをこれからも守っていくお手伝いをしているのです。……たぶん、役目や立場は、本当はあまり関係がなくて、相手を想《おも》うこと自体が重要なんです……そう、思います……」

拙《つたな》い言葉《ことば》遣《づか》いな上、最後のほうが自信なげになってしまったのは、エメラリア自身もこのことに関しては勉強中の身であるからだ。

「ですから私は、コルセットはミルシェ様が誰《だれ》かのために頑張《がんば》りたいと思ったときに着ければいいと思います。もちろん、日頃《ひごろ》からそれをやるのは、大事なときに失敗しないための練習です。頑張ろうとしても、方法を知らなかったり、できないのはとても悲しいことですから」

ミルシェは他人から強要されるばかりで、本当に必要なことを見失っている。一度迷子になってしまえば、その理不尽《りふじん》と向き合うのはつらいことだろう。

エメラリアの話に、ミルシェは顔を伏《ふ》せる。長い睫毛《まつげ》が瞳に影を落とした。

「あなたが言っていることは難しいわ。だって、私は誰のために頑張ればいいの？　母は亡《な》くなり、他の家族とは本音で語れず、使用人たちが喋《しゃべ》ることは小言ばかりになってしまった。信じられるのは自分より小さな子猫《こねこ》だけ。家族に恵《めぐ》まれ、ミルシェとは真逆の考えを持っていたエメラリアにはわからない悲しみだ。

でも、だからこそ優しくありたいと思う。

「ミルシェ様の大切な人なら誰でも……たとえ、今は遠く離《はな》れた場所にいる人でも、きっと同じだと私は思っています」

ミルシェが目を瞠《みは》った。誰のことを指しているのか悟《さと》ったのだ。

「お母様……」

震《ふる》える声で呟《つぶや》き、瞬《また》く間に丸い大きな瞳からはらはらと涙《なみだ》を零《こぼ》した。

驚《おどろ》いたシシィが腕《うで》をすり抜《ぬ》け地面に着地する。代わりにエメラリアがその小さな手を握った。

「うっ、ひっく……うう、うわあああ……！」

最初は戸惑《とまど》っていたミルシェもやがて限界を超《こ》えたのか、溜《た》まっていた感情を吐《は》き出すように泣き出した。

エメラリアは、ミルシェの小さな身体《からだ》を包み込むように抱きしめる。

「大丈夫《だいじょうぶ》。大丈夫です」

彼女を安心させるように繰《く》り返す。

ふいに、柔《やわ》らかな風が空気を撫《な》でた。

近くの木が揺れ、そこから一羽《わ》の鳥が飛び出す。鳥は天高く舞い上がり、空を泳ぐように飛び去った。

エメラリアはミルシェを抱きしめながら、自由なその姿を眩《まぶ》しそうに見上げる。

騒《さわ》ぎを聞きつけた使用人たちがやってくるまで、じっとそうしていた。


「芳《かぐわ》しいね」

その男はそう呟くと、手にしていた紅茶を口に含《ふく》んだ。

特注の紅茶は透《す》き通った飴色《あめいろ》をしており、金のように輝《かがや》いている。

石でできた窓枠《まどわく》に腰《こし》かけ、高い塔《とう》から景色を一望すると爽《さわ》やかな風が吹《ふ》き抜けた。

緑と、街と、山と、空と。見えるものすべてを慈《いつく》しむように目を細める。

男は長いことここにいるが、一日だって同じ景色はなかった。

特に今日のような、山の向こう側まで見渡《みわた》すことができる天気の日が男は好きだった。

「おや？」

もう一口、紅茶を飲もうとして手を止める。何やら外が騒がしい。

耳を澄《す》ましていると、鳴き声が聞こえた。

「どうやら、今日も小鳥が近くにいるようだね」

朗笑《ろうしょう》する男の前を、どこからともなくやってきた鳥が旋回《せんかい》して通り過ぎていく。

姿を追えば、空と地上の境界へ消えていった。

自由な姿を満足そうに見送った男は、部屋の中を振《ふ》り返る。

「ここから見える景色も、また変わりそうだね？」

柔らかな視線を、扉《とびら》が作る影《かげ》に移す。

紅茶の香《かお》りを含んだ風がわずかに扉を揺らし、重なっていた影がずれた。

そこには、使用人の格好をした少女がひとり、気配を消すように佇《たたず》んでいる。

彼女は眉間《みけん》に皺《しわ》を寄せて俯《うつむ》いていたが、主《あるじ》の声にハッと顔をあげた。作り物のような表情を浮《う》かべ、「はい」と、温度を感じさせない返事をする。

礼儀《れいぎ》正《ただ》しいというよりは、主に対しても冷たい。そんな印象の少女だった。

けれど、男は素っ気ない使用人の態度を気にする様子はなかった。

また何事もなかったかのように、果てしない外の世界に目をやる。

少女もまた、表情を変えず、そんな男の後ろ姿を一途《いっと》に見続けていた。


王宮の一角、庭園に面した柱廊《コロネード》では日の光が差し込み、格子《こうし》柄《がら》に敷《し》き詰《つ》められた大理石の床《ゆか》を輝かせている。

対照的な黒い団服を纏《まと》うアリステアは、そんな風景を横目に颯爽《さっそう》と柱廊を歩いていた。

この先にある稽古場《けいこば》で部下たちと鍛錬《たんれん》をするのが、日課になっているのだ。

騎士《きし》団は、魔法《まほう》を伴《ともな》う事件を担当しているとはいえ、自分たちが魔法を使うことは許されていない。

熟練の鍛冶《かじ》師が打った剣《けん》に、魔法の糸が編み込まれた防御《ぼうぎょ》に優《すぐ》れた団服。これが騎士団の基本装備であり、日々鍛錬を行うのは、手《て》強《ごわ》い相手と対等に渡《わた》り合うために必要な訓練だった。

ただ、いつもは執務《しつむ》室から足を運ぶところを、今日は客室から向かっている。

(この辺りはあまり来たことがないから新鮮《しんせん》だな)

というのも、エメラリアが倒《たお》れた翌日からふたりは侯爵《こうしゃく》家の屋《や》敷《しき》を離れ、王宮の客室で生活しているからだ。事情を知った国王が、問題が解決するまでの仮住まいとして、提供してくれたのである。わざわざ手を回してくれたのは、精霊《せいれい》のことが万が一にでも世間に知られないため、目の届く範囲《はんい》にふたりを置いておく意図も含んでのことだろう。

（だが、エメラリアのことを思えばありがたい話だ）

彼女が常に魔力の及《およ》ぶ範囲にいてくれれば、余計な心配をしなくてすむ。

そういったわけで、アリステアがいつもと違《ちが》うルートから稽古場に足を踏《ふ》み入れると、なぜかそこにいた部下全員が、一斉《いっせい》にこちらを振り返った。その瞳《ひとみ》はある種の気迫《きはく》すら宿している。

「団長！　奥さん！　奥さんはどうしたんスか！」

「まさか一緒《いっしょ》じゃないんですか!?」

「今日から王宮《ここ》で働くって聞いて俺たち楽しみにしてたんですよ!?」

「なんで連れてきてくれないんですか！」

「な……っ!?」

猪《いのしし》の如《ごと》く詰め寄ってきた男たちは、そのままアリステアを取り囲んだ。

個々では要領を得ない話の内容から察するに、どうやら彼らはアリステアの妻であるエメラリアに会えるのを心待ちにしていた、ということらしい。

事実エメラリアは今日から王宮で働くことになっている。だが、アリステアはその話を彼らにした記憶《きおく》は一切《いっさい》ない。

「お前ら、それ誰《だれ》から——」

そう尋《たず》ねようとして、情報を知っている人間はひとりしかいないことに気付く。

辺りを見回せば、男たちの後方で涼《すず》しい顔をして立っている妻の兄と目が合った。

「ヴィオ！」

どう考えても犯人以外の何ものでもないその男のもとへと、部下たちを掻《か》き分けて進む。

「お前はまた余計なことを」

「別にそれくらいいいじゃん。俺だってエメルには会いたいんだし。ここに連れてきてくれてもよかったのになぁ」

「ヴィオの妹は、エメルさんと言うのか」

「ああ、それは愛称《あいしょう》。本名はエメラリアね」

「エメラリアさんか……きれいな名前だなぁ……きっと美人なんだろうなぁ……」

「当然。俺に似てね」

「お前、顔だけはすこぶるいいもんな。羨《うらや》ましいぜ」

アリステアが文句を言うよりも早く、再び部下たちに取り囲まれる。

「だから団長、俺たちにきれいで可愛《かわい》い奥さんを拝ませてください」

「そしてあわよくば、一緒にお話を！」

貴族の階級に関係なく、幅広《はばひろ》い人間で構成された実力主義の騎士団故《ゆえ》だろうか。互《たが》いの身分に囚《とら》われることのない関係を築けているのだが、奔放《ほんぽう》な彼らは興味のあることに対して遠慮《えんりょ》がない。

今も何を期待しているのやら、厳《いか》つい男たちに求めるような眼差《まなざ》しを向けられ、アリステアは頭を抱《かか》えた。

「お前たちな。エメラリアはミルシェ王女のコンパニオンとしてここに来たんだ。行き先は王女の住む離宮《りきゅう》で、お前たちとは縁《えん》がない。諦《あきら》めろ」

幸か不幸か、エメラリアの目的地はこの王宮の周囲にある離宮のひとつだった。用事がない限りこちらが出向くことはまずないし、あちらもそれは同じだろう。

(それに、こいつらと会わせるのはなんとなくだが、腹立たしい気がする……)

エメラリアはあの性格だ。間違っても彼らを無下に扱《あつか》うようなことはしない。それどころか、アリステアの部下だと知って律儀《りちぎ》に対応する姿が容易《たやす》く想像できる。

自分はやっとエメラリアとの関係を一歩進めることができたばかりだからか、部下と彼女が仲良くしているのを思い浮かべるだけで複雑な心境だ。

「こうなったら、普通《ふつう》の兵士に変装して潜入《せんにゅう》するしか」

「そんなふざけたことをした場合、発見した時点で騎士団から除名する」

「うわぁ、職権濫用《らんよう》」

「的確かつ、公正な判断だ……だが、そうだな」

口角を上げたアリステアは、腰に下げている剣に手をかけた。

「そんなに会いたいなら俺に剣で勝ってみろ。そのときは考えてやる」

団の中でも剣の扱いに長《た》けたアリステアは、その自信を示すように挑戦《ちょうせん》的な表情を向ける。

この急な提案は、彼らのやる気を煽《あお》るために思いついたことだったが、狙《ねら》い通り良い起《き》爆剤《ばくざい》になったらしい。

その日、稽古場ではいつも以上に意欲のみなぎった騎士たちの声が響《ひび》き渡った。

もちろん、負けてやるつもりなどまったくないアリステアが圧勝したのは、言うまでもない。


数日後。

部下が作成した報告書を確認《かくにん》したアリステアは、手元にあるリストの名前に、またひとつ線を引いた。

執務室まで報告書を持ってきたヴィオが、アリステアの手元を覗《のぞ》き込む。

「まだけっこう人数がいるね」

「ああ。それでも、だいぶ的はしぼれてきた」

――精霊の香水《こうすい》。アリステアを精霊の愛《いと》し子に変えた禁忌《きんき》の薬。それを作るよう命じた犯人の調査を進める騎士団は、着実に前進を見せていた。

きっかけを与《あた》えたのは、とある植物だった。

「白い塵《ブランニア》ね。塵《ちり》ってちょっとかわいそうな名前。もっと他《ほか》になかったのかな」

ヴィオは花が描《えが》かれた資料をパラパラと捲《めく》った。

そのブランニアという植物は、名前にあるように白く小さな花を無数に咲《さ》かせる、一見するとなんの変哲《へんてつ》もない植物だ。

問題となったのは、その特殊《とくしゅ》な群生地だった。

ブランニアは、二年ほど前に王宮の品種改良で生まれたばかりで、まだ分布範囲は狭《せま》く、王宮でしか見られないはずだった。

ところが、馬で五日はかかるリザドールの研究所にそれはあった。古びた床板《ゆかいた》の隙間《すきま》で、ひっそりと人知れず蕾《つぼみ》を付けていたのである。おそらく何かの拍子《ひょうし》にまぎれ込んだ種が、あの場で落下し根付いたのだろう。

つまり、王宮に出入りできる何者かが、研究者たちを集めて精霊の香水を作らせた。そう考えられるようになったのだ。

アリステアの手にある人物リストは、その情報を踏まえて作成されたものだった。

(大丈夫《だいじょうぶ》だ。きっと進んでる方向は合ってる)

部下の報告で少しずつ消えていく名前を眺《なが》めながら、アリステアは自身に言い聞かせる。

ブランニアは王宮の品種改良で生まれたとはいえ、派手さはなく、どちらかといえば地味な花だ。もっと目立つ花はたくさんあるというのに、王宮にしかないその花は、あの場所で種から育った。

アリステアはそこに何か意味があるような気がしてならなかった。

(だが……)

脳裏《のうり》にエメラリアの姿が浮《う》かぶ。

すると、懸念《けねん》がありありと顔に出ていたのか、ヴィオがその名前を口にした。

「エメルが心配?」

「ん、ああ。よくわかったな」

「すっごい難しい顔してた」

「身体《からだ》のことを考慮《こうりょ》して王宮に住居を移したというのに、もしかしたら犯人が近くにいるかもしれない状況《じょうきょう》だからな。正直、このまま王宮にエメラリアを留《とど》めておくのは、良策かどうか悩《なや》ましくはある」

（もし犯人が香水を使い、愛し子になっていたとしたら……）

現状は、薬のおかげでエメラリアも精霊《せいれい》だとバレるような行動はとらないだろうが、何が起こるか予測が難しいのが魔法《まほう》事件だ。

「せめて犯人の目的がわかれば、まだ対策のとりようがあるんだが……」

「精霊の力を使うなら、魔法使いとしての能力の底上げが可能性としては一番ありえそうなんだけどね……昔みたいに、戦争や政変目的のために」

ううん、とヴィオが腕《うで》を組んで唸《うな》る。

「でも、港や国境検問所……他にも怪《あや》しい場所はいろいろ手を回して調べてるけど、異常は見当たらないんだよね」

争いを起こすにはそれなりに準備が必要だ。武器に人に金に。隠《かく》しても日常とは違《ちが》う動きをするものが必ずある。だが、今回はそれもない。

もとより、今この国は平和そのものだった。小さないざこざはたまにあるものの、諸外国との関係も良好で、王位継承《けいしょう》もすでに第一王子に決定している。勢力が分裂《ぶんれつ》していることもない。そんな中で犯人はわざわざ面倒《めんどう》を起こそうというのだろうか。

「ちなみに、ウェリタス家もこの香水事件に協力してるから報告するけど、そんな大それたこと企《たくら》んでそうな人物は見当たらないね。視《み》えても薄《うす》い靄《もや》くらいですぐに消えるしね」

その程度なら人として持っていて当たり前の域だと、ヴィオは説明する。

「そうか……犯人の目的は、考え方を改め直したほうがいいかもしれんな」

アリステアは、一連の書類は机の脇《わき》に置き、別の部下が持ってきた報告書に手を伸《の》ばした。記されているのは『リザドールの警備体制』についてだ。

「ああそれ、例の領主の？」

「そうだ。まったく余計な仕事を増やしてくれる」

リザドールの警備の問題が発覚したのは、事件の捜査途中《そうさとちゅう》だった。

隣国《りんごく》ニーレイクに接する国境の街リザドールは、人の出入りも激しく、普通ならその分警備が厳重でなくてはならない。

ところが、他の隣国と違い、レシュッドマリー王国とニーレイクは昔から親交が深い。そのせいか楽観的な領主によって、かなり警備の手間が惜《お》しまれていることが、今回の調査でわかったのである。緩慢《かんまん》な検問所の審査《しんさ》に、街の規模に反して小勢すぎる兵の数と、見直さなければならない問題は明白だった。

おそらく魔法事件の犯人もそれを知っていてリザドールを選んだのだろう。

「数年前に領主が替わっていたらしいが、前任とはずいぶん考えの違う人物のようだな。真逆と言ってもいいくらいだ……」

アリステアは、前任の時代からどっと減らされた兵の人数に、怒《いか》りを通り越《こ》して最早呆《もはやあき》れる。

しかも、手元の金以外には興味がないのか、まともな記録が残っていないのも困りものだった。内情に詳《くわ》しい人物を探《さぐ》ろうにも、資料が足りないのだ。終《しま》いには前任が残した諸々《もろもろ》の記録も、火事で燃やしたというのだから、開いた口が塞《ふさ》がらない。

どれだけ怠惰《たいだ》なのだと叱責《しっせき》して、ようやく領主は真っ青になって謝ったが、こちらの捜査が前進することはなかった。

「浪費《ろうひ》に賛成とは言わないけど、大事なところケチるからこういうことになるんだよ」

「とにかく、起きてしまったことは今さらどうしようもできないが、領主には警備方針を見直すよう釘《くぎ》は刺《さ》しておいたから、次はないと願いたいものだ」

そうアリステアが言うと、見計らったように部屋にある柱時計がボーン、ボーン、と鳴り響いた。

「もうこんな時間か……。ヴィオ、悪いが俺は一旦《いったん》席を外すぞ」

「どこか用事?」

「戴冠式《たいかんしき》について出席してほしいと頼《たの》まれた会議があるんだ」

「ああそうか。そっちも準備していかないとか。お疲《つか》れ様。俺もまだやることあるから今日はおいとまするかな」

ヴィオは、それじゃあと手を振《ふ》って出て行った。アリステアも準備を済ませ席を立つ。

執務室《しつむ》のある棟《むね》から会議の行われる部屋までは、中庭に面した柱廊《コロネード》を通った。王宮の庭園は見応《みごた》えがあるため、気分転換《てんかん》にでもなればと考えたのだ。

しかし、アリステアはその通路の利用者が意外にも多いことをすっかり忘れていた。

「アルジェント卿《きょう》ではないですか」

景色に目をやりながら歩いていたアリステアを後ろから誰《だれ》かが呼び止める。

「フィガロ侯爵《こうしゃく》」

にこやかに近づいてきたのは、陛下を取り巻く大臣のひとりだった。

アリステアは彼に負けないくらいの晴れ晴れとした笑顔《えがお》で対応するも、内心は自分の間の悪さを呪《のろ》った。

フィガロ侯爵は悪い人ではない。ただ、目立ちたがりで権力を誇示《こじ》したいタイプといっても過言ではなく、上から目線な物言いをするところも、アリステアとは合わなかった。今も、クラヴァットに飾《かざ》り付けられた大振《おおぶ》りの宝石がやたらと目に付く。

「何か、俺にご用でしょうか？」

「いや、なに。用というほどではありませんがね。噂《うわさ》で卿は今、夫人と一緒《いっしょ》に王宮で暮らしていると伺《うかが》ったもので」

「ええ。妻がミルシェ様のコンパニオンになったので、近くから通えたほうがいいだろうと、親切にも陛下が客室を貸してくださったのです」

絶えず微笑《ほほえ》みを浮かべ、アリステアは答えた。

フィガロ侯爵のような人は、こちらが大人しくしていればそう悪いことにはならない。だから今日もそのつもりで、アリステアは彼の話を受け流そうとした。

「ですが、その奥方もコンパニオンとしては名ばかりだとか」

だが、聞き捨てならない台詞《せりふ》に、ひく、と指先が動く。

「……どういう意味でしょうか？」

「なんでも仕事に就《つ》いた日以来、ミルシェ様は部屋に閉じこもってしまわれたと耳にしたものですから。王女様に何をしたのか知りませんがね、泣かせてしまったともお聞きましたよ。ああ、ミルシェ様、おかわいそうに……」

わざとらしく頭を抱《かか》えて首を振る仕草に、アリステアは図《はか》らずも不満が顔に出そうになり、ぐっと堪《こら》えた。

確かに、彼の言うことは事実だった。

エメラリアが初めてミルシェのコンパニオンとして離宮《りきゅう》へ赴《おもむ》いた日。誰に対しても頑《かたく》なな態度だったミルシェが、泣いたのだという。

ただこれは、決してエメラリアがミルシェに無体を働いたわけではないことを、アリステアは知っている。彼女に寄り添《そ》おうとした結果が、そうなっただけなのだ。

ミルシェが引きこもるようになってしまったこともそうだ。

母を亡《な》くし、身近な人間にも甘えることをしなくなった彼女が、簡単に接し方を思い出せるわけもない。今まで様々な策を講じながらも、失敗してきたのがその証拠《しょうこ》だろうに。

どこでその話を聞きつけたのやら、フィガロ侯爵のさもエメラリアが悪いと決めつけたような言い方には、釈然《しゃくぜん》としないどころか不快でしかなかった。

(……だが、ここで問題を起こすのは得策じゃない)

考えれば考えるほど湧《わ》いてくる怒りを、辛《かろ》うじて理性が押し止《とど》める。

もっとも、そんなアリステアの心情など知らないフィガロ侯爵の話はまだ続く。

「これは今さら取り返しのつかないことですがね、やはり平凡《へいぼん》な娘《むすめ》と結婚《けっこん》したのは早計だったのではないかと思うのですよ。ただちょっと目立つ容姿なだけじゃあないですか。それに比べて、私の娘ならもっとあなたの役に立てたでしょうに。大臣という父《わたし》もおりますし、政略ありきの結婚なら申し分なかったでしょう……はぁ、嘆《なげ》かわしいことです」

盛大に溜《た》め息をつくフィガロ侯爵は、これまた大げさに天を仰《あお》いだ。

(娘との縁談《えんだん》を断ったこと、まだ根に持ってたのか……)

エメラリアを異様に貶《おとし》めるような態度だったのは、どうやらそれが理由らしい。だったら余計に、感情だけでものを言うのは、この男を喜ばせる結果にしかならないとアリステアは判断した。

「ミルシェ様のことは、俺も話には聞いてます。泣いてしまわれたこと、引きこもってしまわれたことも、本当です」

「いやはや、ただの噂ではなく真実でしたか。卿も苦労が絶えないですな」

フィガロ侯爵は、同情するような口ぶりでアリステアを労《いたわ》るも、得意げな表情からは嫌《いや》みが透《す》けて見えていた。

(言いたい奴《やつ》には言わせておけばいいが……これに関してだけは、やられっぱなしというのは無理だ)

アリステアは、嫌みなど通じていないといわんばかりに爽《さわ》やかな笑顔を貼《は》り付けた。

「でも、妻は努力家で強《したた》かな女性ですから、きっとこれからいい結果をもたらしますよ」

そうして、フィガロ侯爵の渋面《じゅうめん》を視界に捉《とら》えながら、さらに続けてこうも言ってやった。

「それに、俺は彼女のことが気に入ってるんですよ。役に立つ立たないなど、問題ではありません。政略結婚だとしても、そう思える相手と結ばれた俺は幸せです」


(エメラリアはまだ起きてるだろうか……)

その日の夜、夜着に着替《きが》えたアリステアは足早に宛《あ》てがわれた寝室《しんしつ》へと向かっていた。

「あ、旦那《だんな》様。おかえりなさいませ」

寝室へ続く扉《とびら》を開けると、本を読んでいたエメラリアが気が付き、すぐさまこちらにやって来てにこりとする。

(やっぱり、いいな)

彼女に笑顔でおかえりと迎《むか》えてもらえるだけで、仕事で緊張《きんちょう》していた身体《からだ》が解けていく。

「ただいま」

アリステアはいつものようにエメラリアの肩《かた》に手を置いて、軽く頬《ほお》を掠《かす》めるだけの、挨《あい》拶《さつ》のキスを落とす。彼女から石鹸《せっけん》の柔《やわ》らかな香《かお》りがふわりと漂《ただよ》った。その匂《にお》いに当てられ、アリステアはわずかに動きを止める。

前はまったくそんな気は起きなかったのに、ここ最近の自分はおかしい。エメラリアの肩に置いた手を離《はな》したくない、もっと言えば、このまま抱《だ》きしめたい衝動《しょうどう》に駆《か》られる。

だが、実際にそんなことをやればエメラリアは戸惑《とまど》うだろう。ゆっくりと歩み寄ろうとしてくれる彼女を怖《こわ》がらせたくはなかった。

本心を悟《さと》られないうちに腕《うで》を下ろそうとすると、ぺち、と両頬に小さな衝撃《しょうげき》が走った。

「ど、どうした?」

エメラリアの手に挟《はさ》まれ、下を向かされたアリステアは目を白黒させる。

「お仕事で何かございましたか?」

「……どうしてそう思うんだ？」

「勘違《かんちが》いでしたら申し訳ございません。私からは旦那様が疲れているように見えたので」

自信なげにエメラリアは答えるが、彼女の指摘《してき》は当たっていた。昼間の、あの大臣とのやり取りが思い起こされる。

「そうだな……強《し》いて言えば少し運が悪かったんだ。それで疲れて見えるのかもしれない」

「大丈夫《だいじょうぶ》ですか？」

「ああ。エメラリアの顔を見たら、疲れなんてなくなる」

「……私、何もしておりませんよ？」

アリステアは、ただエメラリアがいつも通りそこにいてくれるだけで十分なのだが、彼女は納得《なっとく》がいかないのか柳眉《りゅうび》を寄せる。

「私が当たり前だと思っていたことを、旦那様が特別に感じてくださるのは、わかっているつもりです。ですが、私はもっと旦那様のお役に立ちたいのです。何か、私にしてほしいこと……あっ」

エメラリアは曇《くも》りのない瞳《ひとみ》をアリステアに向けていたが、突然《とつぜん》ハッとしたような表情になる。

「もしかして、私また間違えてますか？　ただのわがままになってますよね……？」

「まさか。そんなものがわがままのうちに入るわけないだろ？」

不安そうにするエメラリアに苦笑《くしょう》する。

「だが、俺は本当にお前とこうしてるだけで癒《い》やされるんだ。だからすまないが、すぐにしてほしいことは思いつかないな」

「癒やし……」

アリステアの話に思うところがあったのか、エメラリアはぽつりと口を動かす。

「でしたら、こういうのはどうでしょうか？」

何やら名案が浮《う》かんだのか、エメラリアはアリステアを長椅子《ながいす》まで誘導《ゆうどう》し、横になるようお願いしてきた。アリステアは寸秒ためらったが、大人しく従う。

「母がよく父にやっていたことなんですが……いかがですか？」

前のめりになったエメラリアが、こちらを覗《のぞ》き込んでくる。アリステアは彼女の太腿《ふともも》に頭を乗せ、寝転《ねころ》んでいる状態——いわゆる、膝《ひざ》まくらをされている状態だった。

エメラリアの膝が、なぜだかやたらと魅惑《みわく》的なものに見えて、逆らえず寝転んでしまった。夜着という薄《うす》い布越《ご》しのせいもあってか、綿の枕《まくら》とは違う柔らかさだとか、彼女の体温だとかをもろに後頭部に感じる。

（なんで俺はこんなに意識してるんだ……!?）

「たっ、高さがちょうどいいな！」

「本当ですか？　それはよかったです」

長々と感想を述べると余計なことまで口走ってしまいそうで、当たり障《さわ》りのない感想が口を衝《つ》く。だが、エメラリアは単純に役に立てたことが嬉《うれ》しいのか、その顔にはぱっと花が咲《さ》いた。

（……可愛《かわい》い）

無邪気《むじゃき》な姿に胸が高鳴る。

いつからか、エメラリアがそういう感情を素直《すなお》に向けてくれることが、自分の幸せの一部になっていた。それは、心の底から湧き水のように際限なく溢《あふ》れ出し、日に日に大きくなっていく。

アリステアは、当然のようにこの結婚《けっこん》が間違いだなんて、これっぽっちも思っていなかった。それこそ、他人にとやかく言われる筋合いはないと、考えているくらいには。

昼間のあのときもそうだ。

苛立《いらだ》ちと悔《くや》しさが勝っていたとはいえ、大臣に言い返した言葉は決して嘘《うそ》ではないと断言できた。

（誰《だれ》がなんと言おうと、俺はエメラリアがいいんだ）

無意識に目元に乗せていた腕を退《ど》ける。

「エメラリア」

「はい。なんでしょう」

名前を呼ぶと、エメラリアがその神秘的な瞳を優《やさ》しく細め、こちらを覗く。口に出さなくても、自分の選択《せんたく》が間違いでないことを改めて強く信じられた。

「もう少しだけ……、このままでいても構わないだろうか？」

「もちろんです。ゆっくりお休みになってください」

「ありがとう」

瞼《まぶた》を閉じると、エメラリアが頭を撫《な》でてきた。その心地《ここち》よさに大人しく身を委《ゆだ》ねる。

こんな無防備な姿を晒《さら》せるのは、言うまでもなく彼女の前だけだろう。それほど自分の中で彼女の存在が大きくなっていることを自覚する。

彼女に触《ふ》れていたいと思うのも、喜んでくれることが己《おのれ》の幸せになるのも、他人が彼女のことを悪く言うのを許せないのも、ひとつの答えを指し示している気がした。

それは、『気に入ってる』の、もっと向こう――

（ああ、もしかしたら、俺は……）

意識が微睡《まどろ》む。

きっと、答えは目前にまで迫《せま》っていた。

「やぁ、小鳥姫《ひめ》は元気？」

　エメラリアは侍女《じじょ》と孔雀宮《くじゃく》に向かう途中《とちゅう》、柱廊《コロネード》で不思議な青年と出会った。

「あの……」

　柱の段差に腰《こし》かけて青空を眺《なが》めていた彼は、悠然《ゆうぜん》と歩み出て、たおやかな笑顔《えがお》を向けてくる。

（どなたかしら……）

　エメラリアより若干《じゃっかん》年上に見えるその青年は、なぜかシャツとトラウザーズにブーツという、ずいぶんラフな格好をしていた。クラヴァットすら締《し》めていない。だが、質はどれも上等だ。仕草もひとつひとつが洗練されていて隙《すき》がない。下方に緩《ゆる》やかなカーブを描《えが》いた眦《まなじり》と、すらりとした鼻梁《びりょう》は品があり、榛色《はしばみいろ》の瞳は見覚えがあるような気がした。

　とはいえ、自慢《じまん》ではないが、エメラリアの知り合いはそう多くない。父や兄の知り合いにも、彼のような人はいなかったように記憶《きおく》してる。彼の言った『小鳥姫』も、エメラリアにはなんのことかさっぱりわからなかった。

「失礼ですが、あなたは……？」

「私？」

青年は彫刻《ちょうこく》のようにきれいな顔をきょとんとさせた。

「風の便りによると、君は新しく小鳥姫の家庭教師になったお嬢《じょう》さんだよね？　……ああ、でもだったら私のことを知らなくても仕方がないかな」

どうやら彼は王宮ではかなりの有名人らしいが、それよりも家庭教師という発言にエメラリアは「あ」と声を漏《も》らした。

『小鳥姫』というのは、もしかしてミルシェ様のことでしょうか？　でしたら私は家庭教師ではなく、話し相手です」

どこで聞いた情報かは知らないが、誤っていることを青年に告げる。

もっとも、ミルシェと出会ってからすでに五日が経《た》ったが、エメラリアはあの日以来、彼女に会えていなかった。こうして通い詰《つ》めてはいるものの、肝心《かんじん》のミルシェが拒否《きょひ》していて話すらまともにできていないのだ。最善を尽《つ》くしたつもりだったが、あのときの会話だけでは、ミルシェの壁《かべ》を取り払《はら》うことはできなかったということだ。おかげで、コンパニオンとは名ばかりの状態が続いていた。

いまだ解雇《かいこ》されずにすんでいるのは、アルジェント侯爵《こうしゃく》夫人という立場のおかげか。とはいえ、それも時間の問題だろう。

エメラリアは情けない自分に嫌気《いやけ》が差し、きゅっと唇《くちびる》を噛《か》み締めた。

「ふむ。話し相手なのか。いいね、堅苦《かたくる》しくなくて楽しそうだ」

だが、こちらの事情を知らない彼は、ひとり楽しそうに笑う。

それにしても、一国の王女を『小鳥』呼ばわりとはとんでもない話だが、もしかして彼は彼女を気軽にそう呼べるような間柄《あいだがら》の人物なのだろうか。

エメラリアはそこまで考えて、自分もうっかり名乗っていなかったことに気が付いた。

「──ああ、名前は言わなくていいよ」

けれど、青年はあまりそういった礼式を気にしない質《たち》なのか、すっぱりと断られた。

(変わった方ね……)

エメラリアは逆に名前を尋《たず》ねるのも忘れ、呆《ほう》けたように彼を見ていた。

柱の隙間《すきま》から零《こぼ》れる光が、まるで彼を引き立たせるかのように差し込んでいる。

(天気がいいから？　なんだか彼の周りが……ううん、彼自身が輝《かがや》いているように見えるのは気のせい……？)

「おや、私の顔に何か付いているかな？」

「──っ、あ、いえ、そのようなことは……！　申し訳ございません。不躾《ぶしつけ》でした」

「そう？　何もないならよかった」

頭を下げるエメラリアに、彼は朗《ほが》らかな表情を浮《う》かべる。

と思ったら、突如《とつじょ》として背を向けられた。しかも、そのまま歩き出したものだから、思わず声を上げてしまう。

「えっ、あの」

「ん？　まだ何か？」

なんの前触《まえぶ》れもなく立ち去ろうとする彼に意表を突《つ》かれる。怒《おこ》らせてしまったのかと心配になったが、彼は引き止められた意味を本当に理解していないような雰囲気《ふんいき》だ。

「あ……いいえ……なんでもございません……」

彼の独特な空気に呑《の》まれ、エメラリアは歯切れ悪く口ごもるのが精いっぱいだった。

（本当に不思議な方だけれど……いったい誰なのかしら……？）

柱廊の奥に消えていった不思議な青年を見送り、エメラリアは首を傾《かし》げた。


孔雀宮に着いたエメラリアは、今日もミルシェの部屋の前で門前払《もんぜんばら》いをくらうことを覚《かく》悟《ご》していた。

ところが、予想外のことが起きた。

「え、ミルシェ様……？」

初日以来一度も会えなかったミルシェが扉《とびら》の前に座っていたのだ。

ミルシェはエメラリアに気が付くと、みるみる目に涙《なみだ》を湛《たた》える。そして駆《か》け寄ってくる勢いのまま、困惑《こんわく》するエメラリアへ、がばりと抱《だ》きついた。

「辞《や》めるなんて絶対許さない！」

「えっ、え……？」

辞めるとはコンパニオンのことだろうか。エメラリアは確認《かくにん》しようとするが、とにもかくにもそれどころではなくなった。ミルシェが、わんわんと泣き始めたのである。

「ミルシェ様！」

次いで部屋の扉が開き、慌《あわ》てた様子の乳母《うば》が出てきた。

エメラリアはミルシェを抱きしめて背中を擦《さす》りつつ、乳母へ眼差《まなざ》しを送る。

「アルジェント侯爵夫人……ああ、来ていただいて助かりました……」

「あの、これは何があったんですか？」

状況《じょうきょう》が把握《はあく》できないエメラリアが尋ねれば、乳母はふうと溜《た》め息をつく。

「実は、私たちの話をミルシェ様が聞いていたみたいでして……」

「いったいどんな話を？」

「ミルシェ様がこのままでは、また雇《やと》われた人間――ええ、アルジェント侯爵夫人が辞めさせられてしまうという話です」

「それは……」

エメラリアは思わず目を見開いた。

つまり、それを嫌《いや》がっているということは、エメラリアに続けてほしいということだ。

ずっと想《おも》いは届かなかったと落ち込んでいたが、勘違《かんちが》いだったのだ。ここまで涙を流してくれる姿に、嬉《うれ》しくないはずがない。

エメラリアは、ぎゅうと抱きついて離《はな》さないミルシェに優《やさ》しく喋《しゃべ》りかけた。

「ミルシェ様、大丈夫《だいじょうぶ》です。私は、ミルシェ様が望んでくださるなら、毎日だって一緒《いっしょ》におりますよ」

嗚咽《おえつ》を漏らしていたミルシェがおもむろに顔を上げる。

「ほんとに……？」

「はい」

赤くなった頬《ほお》を滑《すべ》る涙を拭《ふ》いてあげながら、エメラリアはにこりと微笑《ほほえ》んだ。

乳母もほっとした表情をミルシェに向ける。

「よかったですね。ミルシェ様」

「うん、うん……」

ミルシェは本当に嬉しかったのか、何度も頷《うなず》いて自分でも零れる涙を拭《ぬぐ》った。

『にゃ〜』

「あら」

そこへ騒《さわ》ぎを聞きつけたのか、半開きになった扉からシシィも姿を現した。エメラリアの足下《あしもと》にやってきて、すりすりと頬擦《ほおず》りをする。

「シシィも、久しぶりね」

「ふふ、シシィってば相変わらずなんだから」

エメラリアに懐《なつ》く様子に、すっかり元気を取り戻《もど》したミルシェが洟《はな》をすすりながら破顔する。

「でも、シシィにも悪いことしちゃったわ。前は毎日外で遊んでたのに、ここ最近はずっと部屋の中だったから……」

「でしたら、シシィも連れてこれから久しぶりに庭に出られますか？　日の光を浴びれば、きっともっと元気になりますよ」

「ええ、私もそれがよろしいかと思います。使用人たちに命じて、すぐにお茶の準備もさせましょう」

エメラリアがそう提案すれば、乳母も快く頷いてくれる。

そのあと、ミルシェの改心に喜ぶ使用人たちの手によって、庭の一角にテーブルと椅子《いす》が持ち込まれた。子どもらしい表情を見せるミルシェとテーブルを囲むエメラリアは、やっとコンパニオンとして彼女と一緒にいることを許されたのである。

ミルシェはもとが明るい性格なこともあって、いろいろな話をしてくれた。

他愛《たわい》もない話をしているうちに、話題はエメラリアが先程《さきほど》出会った青年のことになる。

「ああ。それはきっとお兄様ね。二番目の、フェンリートお兄様よ」

和《なご》やかに会話を楽しんでいたエメラリアは、ミルシェの回答に持っていたティーカップを落としそうになった。

（ミルシェ様の兄……ということは、王子殿下《でんか》!?）

王女を『小鳥』と呼んだり、服装や身のこなしからただ者ではないと思っていたが、まさかこの国の第二王子だったとは驚愕《きょうがく》の事実だった。

（従者をつけずに出歩いてたわよね……か、型破りすぎる……）

彼は噂《うわさ》に違《たが》わず、少々変わった人物であることは間違いないようだ。

改めて考えてみれば、フェンリートの髪《かみ》色は亜麻色《あまいろ》でミルシェよりは淡《あわ》かったが、瞳《ひとみ》は同じ榛色《はしばみいろ》だ。母は違えど、似ている部分は多い。

「何を言われたかは知らないけど、気にすることないわ。いつものことよ」

事の重大さを知ったエメラリアが、ティーカップ片手に黙《だま》っていると、ふんっとミルシェが鼻を鳴らした。

「その……つかぬことを伺《うかが》いますが、フェンリート様はいつもおひとりで王宮内を散策なさっているのですか？」

「そのようね。たまに私のところにも来るわよ。特別何かするわけじゃないけど。だいたいあっちが一方的に喋りたいことを喋ってどっか行っちゃうことがほとんどよ」

確かに。先程フェンリートとした会話もそんな感じだった。

「みんな私の品行ばかり気にしてるようだけど、私から言わせれば先にあっちをなんとかしたほうがいいわよ」

（難解な方だわ……）

口を尖《とが》らせるミルシェに、エメラリアは苦笑《くしょう》する。

視線に気付いたミルシェが、照れ顔を隠《かく》すようにそっぽを向いた。

「もう馬鹿《ばか》な真似《まね》はしないわ。……本当はね、エメルに会った次の日からコルセットもちゃんと着けてたの。もちろん今日もよ」

エメラリアを愛称で呼んでくれるまでになったミルシェは、まだ素直《すなお》になることが恥《は》ずかしいのか、ほんのり頬を染める。

「あ、でも……」

「どうされましたか？」

「あんまりきついのは苦しいから、ちょっとだけ緩《ゆる》くしてってお願いしちゃった……」

「今はそれで十分だと思います。私も最初からできたわけではございませんから」

「エメルも同じだったの？」

「内緒《ないしょ》ですよ？」

口の前で人差し指を立てる。

ミルシェは秘密を共有することが嬉しいらしく、すぐにぱっと顔を輝《かがや》かせる。

（……妹がいたらこんな感じなのかしら？）

兄しか知らないエメラリアにとって、彼女の反応は新鮮《しんせん》だった。その可愛《かわい》さにつられて、自然と口角が緩む。

それからしばらくふたりで会話を楽しんでいると、シシィを抱き上げたミルシェが、エメラリアの後ろを覗《のぞ》くように首を伸《の》ばした。

「あら？　あなたは……」

「王女殿下、ご機嫌麗《きげんうるわ》しゅう」

エメラリアが、聞き覚えのある声に振《ふ》り返れば、そこにはヴィオが立っていた。

「お兄様……！　どうしてここに」

「ちょっと近くに用事があってね。その帰りに立ち寄ったんだ。王女殿下、我が妹に少々話があるのですが、今お時間をいただいても？」

「ええ、構わないわ」

「ありがとうございます」

ヴィオは恭《うやうや》しくミルシェに礼を執《と》る。

こんなところでいったいなんの話だろうか。

不思議に思いながらも、エメラリアが大人しくヴィオを待っていると、向き直った彼は実に楽しそうな顔で、こう告げた。

「エメル、明日《あした》アリスとデートね」

【第四章】心は黄昏に滲んで

エメラリアは鏡に映る自身の姿を眺《なが》め、両サイドに垂れた三つ編みを持ち上げた。

白金の髪がきれいな焦《こ》げ茶色に染まっている。見つめた瞳も、深い緑色をしていた。

「いかがですか？」

後ろに立つ黒いローブの女性がそう尋《たず》ねる。彼女は、たった今エメラリアの髪と瞳の色を変えてくれた王宮魔法使《まほうつか》いだ。短い呪文《じゅもん》と、杖《つえ》ひと振りで簡単に色を変えてしまった。

聞くところによると、本来この魔法は役者の役作りを手助けする目的で作られたものらしい。

初めて間近で見る魔法にエメラリアは感心しながら、問題ないことを彼女に伝えた。

（まさか、こんなふうに魔法のお世話になる日が来るなんて……）

まるで別人になったみたいだ。

服装もいつもよりシンプルなものを着ているせいか、余計にそう感じる。

瞳と同じ深緑のワンピースドレスは、詰襟《つめえり》で飾《かざ》りも控《ひか》えた実用的なデザインだった。丈《たけ》は踝《くるぶし》より上で、靴《くつ》もヒールのないものと、全体的に動きやすさを重視した格好だ。

慣れない服装に、エメラリアはおかしなところがないか、鏡の前で確認《かくにん》をする。

なぜこんなことになっているのかというと、昨日のヴィオの突拍子《とっぴょうし》もない話が関係していた。

エメラリアは昨日から何度も繰《く》り返している言葉を、また頭の中で唱える。

(旦那様《だんなさま》とふたりきりで、城下街にデート……)

なんでも最近働きづめのアリステアのために、騎士《きし》団のみんなで休日を捻出《ねんしゅつ》したらしい。

ふたりきりなのも、しっかり羽を伸ばせるようにとの気遣《きづか》いだ。

エメラリアにとっては、供をつけずに外へ出かけることも、ましてや街に遊びに行くことも、初めての経験になる。

落ち着かない気持ちをまぎらわすように、エメラリアがくるくると色んな方面から姿を確認していると、後ろにいる魔法使いが目に留まる。彼女は、杖をいじっては頭を捻《ひね》っていた。

「どうかしましたか?」

「あ、いえ、大したことではないのですが、あなたに魔法をかけたとき、ずいぶんと杖が素直に言うことを聞いたので驚《おどろ》いて」

「杖が……素直?」

「魔力がスルスル杖に吸い込まれて、それが惜《お》しみなく魔法として機能している感じといえばいいでしょうか」

彼女は、こんなことは初めてだと話す。

エメラリアはすっと彼女の持つ杖に目線を落とす。わずかではあるが、ふわふわとした光の結晶《けっしょう》のようなものが見えていた。

魔法使いたちの杖の材料は、たいていが高樹齢《じゅれい》の樹《き》だ。その樹に宿った精霊《せいれい》の加護が、杖と術者の魔法を支えている。ならば、半分は樹の精霊であるエメラリアに魔法が馴染《なじ》むのも理に適《かな》っている。

（私が見ているのは、きっとその加護ね）

面白《おもしろ》い発見だと思っていると、部屋の扉《とびら》がノックされる。

「エメラリア、準備は終わったか？」

「は、はい」

アリステアの声に、エメラリアは慌《あわ》てて身なりを整えた。

「では、私はこれで失礼いたしますね」

役目を終えた魔法使いは、入れ替《か》わるように出て行く。

替わりにやって来たアリステアは、エメラリア以上に別人へと変身していた。

まず目に入ったのは眼鏡《めがね》だ。髪《かみ》の色は黒に、そして瞳《ひとみ》は茶色になっている。服装は、シャツに焦げ茶色のベストを羽織り、同色のトラウザーズを穿《は》いていた。

たとえるなら、太陽が月になった感じだろうか。スマートな出《い》で立ちは、しっとりとした色気が増し、違和感《いわかん》なんてものは微塵《みじん》も感じさせない。

「素朴《そぼく》な雰囲気《ふんいき》も悪くないな。似合っている」

「あ……えっと、ありがとうございます」

エメラリアがその見事な変装っぷりに硬直《こうちょく》していると、アリステアが満足そうに頷《うなず》いた。

どうやら気に入ってもらえたようだ。

「旦那様も、よくお似合いですよ？」

「そ、そうか？」

「はい。変装する目的を立派に果たせていると思います」

アリステアは国の催《もよお》しなどで国民に顔を知られているため、別人に見えることは重要だ。だから、エメラリアは素直《すなお》に思ったことを告げたのだが、それを聞いたアリステアは微妙《びみょう》な顔つきになる。

「褒《ほ》める方向が、期待していたものとずれているような気がしないでもないが……彼女の場合は仕方ないのか……？」

――コンコンコン。

アリステアがぼやいた直後、タイミングよく王宮の使用人が現れた。

「失礼いたします。アルジェント侯爵《こうしゃく》様、馬車の準備が整いました」

「ああ、わかった。今行く。……エメラリア、もう出られるか？」

「はい。大丈夫《だいじょうぶ》です」

エメラリアは、アリステアが差し出した手を取った。こういう場面では通常、手袋《てぶくろ》をしていることが多いせいか、なんだか変な感じだ。……でも、嫌《いや》ではない。

「王宮でのんびりするのも悪くないとは思っていたんだが……せっかくふたりで出かけられる貴重な機会だ。どうせなら、思いっきり楽しもう。今日はよろしく頼《たの》む」

「こちらこそ。よろしくお願いいたします」

改めて挨拶《あいさつ》をすると、兄の言った『デート』という台詞《せりふ》が急に現実味を帯びてきた。いつもより裾《すそ》の短いドレスが翻《ひるがえ》るのが見えて、エメラリアはちょっとだけ心を躍《おど》らせる。

馬車に乗ってからは、王都を仕事で巡邏《じゅんら》することもあるアリステアが、外の景色を見ながらいろいろなことを教えてくれた。

本で知っていることも、実際に自分の目で見ると全然違《ちが》う。エメラリアはそれだけで楽しくなった。つい饒舌《じょうぜつ》になって質問ばかりしてしまったが、アリステアはそんなエメラリアにもわかるように、ひとつひとつ丁寧《ていねい》に説明してくれた。

しばらくすると、馬車は小高い丘《おか》の上で止まった。

目と鼻の先に街が見えるが、この場所に人気《ひとけ》はない。わざわざ迂回《うかい》したのは、人目のないところで馬車から降りるためだったようだ。

エメラリアは先に降りたアリステアの手を借りて、土が固められただけの地面に足を着いた。

「わぁ……」

外に出た瞬間《しゅんかん》、爽《さわ》やかな風が駆《か》け抜《ぬ》け、三つ編みをさらうように撫《な》でていく。

（気持ちいい……）

深呼吸をすると、木や花や太陽の、自然の香《かお》りがいっぱいに広がった。緑に溢《あふ》れている孔雀宮《くじやく》とはまた違う。今日、この時間この場所だけの匂《にお》いだ。空を見上げると、透明《とうめい》な青色が一面に広がってエメラリアを出迎《でむか》えた。

「ここから見える景色が、気に入ったか？」

「はい。こんなにきれいな景色は初めてです」

「なら、帰りも期待してていいぞ。今日くらいの日は、夕日もきれいなんだ」

アリステアは、今はまだ青空の広がる山の向こう側を見つめる。

「──ああ、そうだ」

エメラリアが同じ方向に顔を向けると、ふいにアリステアがエスコートしていた手を器用に持ち替えた。エメラリアの指と指の間に自身のそれを絡《から》ませる。

「だ、旦那様？」

突然《とつぜん》のことにエメラリアは戸惑《とまど》う。

「あの、これは……」

「恋人《こいびと》や夫婦《ふうふ》なんかは、出かけるときこうやって手を繋《つな》ぐんだ」

やんわりと力を込められる。アリステアに比べると小さいエメラリアの手は、いとも簡単に包み込まれた。剣《けん》を握《にぎ》る彼の手は、思いのほか無骨で逞《たくま》しかった。

「今日、俺たちは普通《ふつう》の夫婦だからな」

催促《さいそく》するように見つめられ、エメラリアはためらいがちにその手を握り返す。

「それでいい」

手のひらに乗せていたときより、彼の体温を感じてしまい、独りでに鼓動《こどう》が高鳴った。

ドキドキとうるさい心臓をもう片方の手で押さえる。

(街に着いてもこのままなの、よね……?)

果たして自分の心臓は、初めからこんなで最後まで保《も》つのだろうか。

街へと続く一本道を歩いている間、エメラリアは触《ふ》れ合った手が気になって仕方がなかった。


ふたりが最初にやって来たのは、街の中心にある広場だった。

エメラリアはその建ち並ぶ店の数にも驚いたが、なんといっても一番は人の多さだ。

「すごい……」

自分の声が掻《か》き消されそうなほどの賑《にぎ》やかな場所に、エメラリアはさっきまでの心配が杞憂《きゆう》であったことを思い知らされた。舞踏《ぶとう》会などとは全然違う、初めての光景に子どものように目を輝《かがや》かせる。

「この辺りは観光の名所なんだ。土産屋《みやげ》なんかも多いから、見ているだけでも楽しいと思うぞ」

「はい！　見ているだけですが、もう楽しいです！」

興奮した勢いでエメラリアがにっこりすると、アリステアが目を瞠《みは》った。

「……そんな顔もするんだな」

アリステアは、照れ隠《かく》しをするように片手で口元を覆《おお》う。

一方で、すっかり意識が周囲に向いているエメラリアは、そんなアリステアの挙動には気が付かなかった。深緑に染まった瞳でキョロキョロと忙《せわ》しなく辺りを見回している。

軒《のき》を連ねる露店《ろてん》は、それぞれに個性がありとてもカラフルだった。売り物も、食べ物や花、服に工芸品など実に多種多様だ。どこからか甘い匂いも漂《ただよ》ってくる。目が回りそうなほど多い人々は、誰《だれ》も彼もみんな楽しそうだった。子どもたちは、大人たちの間を追いかけっこでもするかのように、元気な声を上げながら走り抜けていく。

（あれは何かしら？）

子どもたちが向かった先に目をやると、何やら人集《ひとだか》りができていた。

耳を澄《す》ますと、そこから軽快な音楽が聞こえてくる。

「旦那《だんな》様、あれは何でしょう？」

「ん？　ああ、誰かが演奏しているみたいだな。いわゆる大道芸というやつだ。気になるなら行ってみるか？」

「えっと……」

こういうとき、エメラリアは自分の好奇心《こうきしん》を優先していいか、まだわからないでいた。

少し前ならアリステアが誘導《ゆうどう》し、エメラリアが話しやすくしてくれることもあったのだが、最近はこちらから言い出すのを純粋《じゅんすい》に待つようになったのだ。

（旦那様は興味あるのかしら――じゃなくて、私自身がどうしたいか考えないと……）

アリステアは口を閉《と》ざし、エメラリアの選択《せんたく》を待ってくれている。

「……行きたいです」

「わかった。じゃあ、行こう」

遠慮《えんりょ》気味に告げるエメラリアを安心させるように、アリステアは表情を和《やわ》らげた。

力強い手に引かれ、広場にある噴水《ふんすい》まで歩く。

人集りに辿《たど》り着くと、そこでは演奏と踊《おど》りが披露《ひろう》されていた。

手風琴《てふうきん》、横笛、弦楽器《げんがっき》。旅人風の格好をした奏者たちが陽気な音楽を奏《かな》でている。

彼らの前には、頭に花の冠《かんむり》を被《かぶ》った一組の男女がおり、手と手を取り合って軽《かろ》やかにステップを踏《ふ》んでいた。時折、かけ合いのような歌がふたりから口ずさまれる。

「さぁ！　ここからはみんなも参加してね！」

踊り手の女性が、観客たちのほうに踏み出す。すると、それが合図だったかのように曲調が変わった。

（あ、これ）

聞き覚えがある調べだ。

「……この曲、もしかして『王の花嫁《はなよめ》』ですか？」

「ああ。曲自体が身分に関係なく有名だから、こうして民衆の間でもよく踊られるんだ」

エメラリアの疑問にアリステアが答える。

王の花嫁とは、レシュッドマリー王国を建国した初代国王が、寵愛《ちょうあい》した妃《きさき》のために作ったとされる舞曲《ぶきょく》だ。今もなお、王宮主催《しゅさい》の舞踏会では必ず一曲目に踊られる。

「でも、私が知っているものとは少し違う気がします」

「貴族の格式は、普通の人たちには必要ないからな。自分たちが楽しめるよう当時の人たちが手を加えたものが、今世にそのまま伝わってるんだ」

「それでこのような……」

美しさより、楽しさを前面に出したような曲調に、エメラリアは納得《なっとく》する。

「こちらも素敵《すてき》ですね」

「それなら、踊ってみるか？」

アリステアは前方を目で指す。見ると、いつの間にかそこは小さな舞踏会場のようになっていた。観客だった人たちが次々と踊りに参加しているのだ。

本来は男女で踊る曲だが、アレンジされた分その辺りの境界もなくなっているのか、相手は同性や子どもなど、参加者はみんな自由だった。

辺りは騒《さわ》ぎを聞きつけた人たちも増えて、まるでお祭りのような騒ぎだ。

高まっていく熱気に、エメラリアは今さらになって気圧《けお》される。ここに交ざって一緒《いっしょ》に踊るなんて、難しすぎやしないだろうか。

「私、普通のワルツしか……」

「そんなの気にしなくても大丈夫《だいじょうぶ》だ。こういうのは雰囲気《ふんいき》で十分踊れるものだぞ？」

「あっ！」

怖《お》じ気付くエメラリアの腰《こし》をアリステアが引く。ドレスの裾《すそ》がふわりと広がり、回転するように輪の中に加わった。

「待ってくださっ……！」

アリステアの足を踏んでしまわないように、エメラリアは必死に動きを追った。

「エメラリア、目線はこっちだ」

「は、はい」

指示されるがまま、エメラリアは顔を上げる。

すると、眼鏡越《めがねご》しにこちらをまっすぐ見つめる茶色の瞳《ひとみ》と目が合った。色はいつもと違《ちが》うのに、エメラリアを見守る優《やさ》しさはいつもと同じだ。

(不思議……)

彼のその瞳を見ているだけで、身体《からだ》から無駄《むだ》な力が抜《ぬ》けていく気がした。

リズムをなぞり、一歩一歩踏みしめる度《たび》、示し合わせたかのように動きについていけるようになっていく。

「な、大丈夫だろ?」

アリステアは、たまに見せるいたずらを企《たくら》む子どものような顔をエメラリアに向けた。

「……大丈夫でしたが、いきなりは心臓に悪いです」

「ははは、それは悪かった」

こちらは急に連れ出され焦《あせ》ったというのに、アリステアは悪びれる様子もなく声を出して笑う。それでいて、今も持ち前の素質を発揮し、エメラリアが踊りやすいように誘導してくれるのだから、すごいというか、悔《くや》しいというか。

「街に来てまで踊ることになるとは思わなかったが、案外悪くないな」

The Bea
8
AUGUST 2022
「魔力がないと勘当されましたが、王宮で聖女はじめます」
イラスト／凪かすみ
毎月1日発売!
角川ビーンズ文庫の新刊情報
102-8177 株式会社KADOKAWA 東京都千代田区富士見2-13-3 https://beans.kadokawa.co.jp/
Twitter/LINE @beansbunko 【発行】株式会社KADOKAWA 【編集】ビーンズ文庫編集部

エメラリアが曲のテンポにも慣れた頃《ころ》、アリステアが青空を仰《あお》いだ。

社交界のような煌《きら》びやかな雰囲気はないが、開放的で清々《すがすが》しい雰囲気は、エメラリアも嫌《きら》いじゃない。むしろ、楽しんでいる。

アリステアとこうして踊るのもずいぶん久しぶりだ。あの頃はまだ、彼と結婚《けっこん》するなんて想像もしていなかった。

「旦那様と踊るのは、結婚してから初めてですね」

「そう言われれば、そうなるのか……夜会の招待状はもらうが、今はそれどころじゃないからすべて断っているし……通常なら、結婚してすぐにお前のことを紹介《しょうかい》する場を作らないといけなかったんだが……」

「私は気にしておりませんよ。お義父様《とうさま》とお義母様《かあさま》にはきちんと紹介していただきましたし……それに、私はこの国のために働いている旦那様が誇《ほこ》らしいのです。ですから、私のことを紹介できないからといって、気に病《や》む必要はございません」

「……つくづく思うんだが、お前は本当に俺にはもったいないくらいの相手だな」

「それは……逆ではございませんか？」

エメラリアにもったいないなら話はわかるが、アリステアに、というのはいまいち理解できない。

首を捻《ひね》ると、それこそ違う、とアリステアは否定した。

「妻の体調不良にも気が付けない夫だぞ？　いつも仕事ばかりで、ろくに屋敷《やしき》にもいない。愛想《あいそ》でも尽《つ》かされればいいと、ヴィオにも皮肉られたくらいだ」

「まぁ！　お兄様ったらなんてことを……！」

「だが、お前のことをなおざりにしていたのは間違いない……だから、もしこの関係が終わるようなことがあるとしたら、原因は俺のほうだろうとは考えていた」

自嘲《じちょう》するアリステアに、エメラリアは瞠目《どうもく》した。まさかそんなふうに思われていたなんて。ふつふつと、煮《に》えた鍋《なべ》のように心の内側がざわついた。

「旦那《だんな》様、それは意外千万《せんばん》というものです。私が旦那様に愛想を尽かすなどあり得ません」

きっぱり言い切ると、今度はアリステアが意外そうに目を見開いた。けれど、エメラリアの語気の勢いは変わらない。

「神の御前《みまえ》で誓《ちか》った以上、どんなことがあっても、私は旦那様に未来永劫《みらいえいごう》添い遂《と》げる心づもりです。……まだ頼《たよ》りないところもあるのかもしれませんが、私は旦那様のそばにいたいのです。もう少し私を信頼《しんらい》してくださいませ」

勢いに身を任せていたエメラリアは、ふと、自分の発言に引っかかりを覚えた。

（……私、旦那様に信頼してほしかったの？）

口から出たということは、つまりそうなのだろう。

エメラリアはアリステアを信頼している。だからそれと同等の気持ちがほしかったのだろうか。気持ちなんて、他人がどうこうできるものではないのに、それを強請《ねだ》るなんて。

「申し訳ありません。あの、今言ったことは忘れていただいて――ひゃっ!?」

ぐるん。すべて伝え終わる前に、エメラリアの身体は軽々と掬《すく》われ、アリステアを軸《じく》にして回転した。さらに、繋《つな》いだ片手を荒々《あらあら》しく引き上げられる。

「あっ」

身体が弓なりにしなった。そうして上向いた顔に、ぐっとアリステアのそれが近付く。

「……駄目《だめ》だな。お前の場合、深い意味はないとわかりきっているのに……」

「だ、んな、さま……？」

エメラリアは途切《とぎ》れ途切れに彼を呼び、見つめることしかできなかった。

逆光で影《かげ》を落としたアリステアの表情は、喜んでいるとも、悲しんでいるともとれるような、ひどく複雑な感情を宿している。

「エメラリア……」

目を細めたアリステアが甘く囁《ささや》く。

（これは……何？）

何かが起こりそうな予感がした。

（私も目を閉じなきゃ……）

誰《だれ》に言われるでもなく、本能で直感した。

その瞬間《しゅんかん》――

「あーなーたーたーちー。ここで私たちより注目されるなんていい度胸じゃない」

「えっ」

突如《とつじょ》、視界の端《はし》に映った人影《ひとかげ》とその声に、エメラリアは驚《おどろ》いてひっくり返りそうになった。アリステアが支えてくれていたおかげで、なんとか踏《ふ》み止《とど》まり体勢を直す。

人影の正体は、踊《おど》り手の女性だった。彼女は腕《うで》を組んでこちらを睨《にら》んでいた。

(も……もしかして、見られてた!?)

だとすれば、恥《は》ずかしいどころの問題ではない。

そういえば、音楽もいつの間にか止《や》んでいる。観客は散り散り……のはずが、こちらも皆《みな》一様にエメラリアたちを凝視《ぎょうし》し、意味ありげな笑《え》みを浮《う》かべていた。

「姐《ねえ》さん、せっかくいいところだったのになんで邪魔《じゃま》しちゃうんだよ～」

観客のひとりが女性に文句をつけた。

「本当だよ。美男美女でいい絵が完成しそうだったのに」

また別の人物もそう漏《も》らして、両手の親指と人差し指で四角い窓を作り、できた穴からこちらを覗《のぞ》いてくる。

「うるさいわよ、野次馬《やじうま》！　私たちの見せ物の最後がこんな恋愛《れんあい》劇に持ってかれて、黙《だま》って見てろっていうわけ？」

「そういう姐さんだって、途中までノリノリで見てたじゃん」

「なっ……そ、それはそれ！　これはこれよ！」

「あの先が見れないなんて、俺たち消化不良なんだけどぉ」

「うるさい！　あんたたちこそ、見せ物は終わったんだからさっさと帰りなさいよ」

「ひどっ！　俺ら常連なのに」

手で追い払《はら》う真似《まね》をした女性に、観客たちはふざけた様子でケラケラと笑う。

（賑《にぎ》やかな人たち……）

当事者だったはずが、完全にエメラリアたちは置いてけぼりだ。恥ずかしさもどこかへ飛んでいってしまった。

「ったく、ホントしょうもない奴《やつ》らなんだから」

彼女が、ふんっと眉《まゆ》を吊《つ》り上げた。仁王立《におうだ》ちになって、退散する観客たちの後ろ姿を見送っている。

「こら。またジェナはお客様を困らせるようなことを」

そこへひとりの男性が近付いてきた。彼女と一緒《いっしょ》に踊っていた男性だ。

溜《た》め息をつく彼は、溌剌《はつらつ》とした彼女とは違い、温厚《おんこう》そうな雰囲気《ふんいき》を纏《まと》った人だった。

「あれが私流のコミュニケーションよ！」

ジェナと呼ばれた女性は、男性の叱責《しっせき》を一蹴《いっしゅう》する。

「まったく。困ったな……君たちも、彼女が水をさしたみたいで申し訳ない」

「いや、驚いたが、逆に止めていただいてよかったというか……」

謝る彼に、今まで黙っていたアリステアが、ずり落ちた眼鏡《めがね》をかけ直して答えた。

「そうかい？　……でも、君がそう言うなら僕が口を挟《はさ》んでも仕方ないしね。——それに、実は僕も曲が終わったら君に話しかけるつもりだったんだよね」

「俺に？」

「そうそう。君、女性のリードがえらく上手《うま》かったからさ。ちょっとコツを伺《うかが》いたくて」

「あなたもとてもお上手でしたが」

「いやぁ、そんなことないよ。どっちかというと、僕が彼女にリードされてる状態で、情けないというか……」

乾《かわ》いた笑いを漏らす男性は、ジェナを一瞥《いちべつ》する。

彼の視線につられて、エメラリアもなんとなく彼女を見た。

すると、なぜかバッタリと目が合う。ジェナの赤い鮮《あざ》やかな唇《くちびる》が不敵な弧《こ》を描《えが》いた。

「ねぇ、あなた。女は女同士、私とおしゃべりしない？」

「お、おしゃべり……？」

話しかけられるとは思っていなかったエメラリアは、片言まじりに聞き返した。

「そうよ。立ち話もなんだからあっちに座って、ね？」

　ジェナはウインクをし、噴水《ふんすい》の縁《ふち》を指差す。

「ほらほら！」

「きゃっ」

　気怖《きお》じしている間に、素早《すばや》く後ろに回ったジェナに背中を押される。

「エメラリア」

　後ろでアリステアが呼び止めた。

「もう！　そんな顔しなくても、彼女ならあとでちゃんと返してあげるわよ」

　アリステアはいったいどんな顔をしていたのだろう。背中を押され、振《ふ》り返ることができないエメラリアの代わりにジェナが返答したが、その声色《こわいろ》はどこか面倒《めんど》臭《くさ》がっているようにも聞こえる。

「彼、あなたのこと本当に大切にしてるのねぇ」

「……それは、私が無知なので、単純に心配してるだけだと思います」

　エメラリアは街に来たのが初めてなのだ。きっとアリステア的には、子どもを見守る親のような心境なのだと思う。大切にはされているだろうが、彼女の言った大切とは意味合いが違《ちが》う。

「えー、そうかしら？」

　腑《ふ》に落ちないというように、ジェナは雑に噴水の縁へ腰《こし》を下ろした。

エメラリアも倣《なら》って横に座る。石の上《こんなところ》に直接座るなど初めての経験だ。

「まぁ、いいわ。それより、彼と話してるあの男――ああ、ロマニーって言うんだけどね。あいつじゃないけど、私もあなたたちと話がしてみたかったのよね。えっと……名前、エメラリアちゃんで合ってる？」

「はい。あなたは、ジェナさんですよね？」

「そうよ」

普段ちゃん付けで名前を呼ばれることなどないエメラリアは、少しだけくすぐったくなった。

「私たちは、この広場で観光客相手に見せ物をやってるの。さっきの奴らみたいに、この街に住んでて、見に来てくれる人たちもたまにいるけどね」

ジェナは改めてパートナーであるロマニーと、楽器を演奏していた他《ほか》の仲間のことを紹《しょう》介《かい》してくれた。自然体で接してくれる彼女は話しやすく、最初は気《き》後《おく》れしていたエメラリアも内心ほっとする。アリステアがいなくても、なんとか街の人と話ができそうだ。

「ダンスはみんなで楽しく踊れるのが一番なんだけど、あなたたちみたいに上手な人、久しぶりなのよ。だから、ちょっと話してみたくなっちゃって」

「そんな……上手なのは旦那様で、私はリードがあったからです」

「あら、謙遜《けんそん》しなくていいのよ？　本当に息ピッタリだと思ったんだから。他の観客も私て呼んでるってことは夫婦《ふうふ》なんでしょ？　ねぇ、彼とはどこで知り合ったの？」

たちよりあなたたちを見てた人、けっこう多いんじゃないかしら？　彼のこと『旦那様《だんな》』っ

「出会いは……あ、兄の紹介です」

貴族だとバレないようにエメラリアは簡単に答える。

「もともとお兄さんが知り合いだったの。なんかいいわね。そういうの！」

ジェナは、姐さんと呼ばれていた強気な表情から一変、切れ長の目をキラキラと輝《かがや》かせた。なんだかとても生き生きしている。

「エメラリアちゃんたち若いし、まだ新婚《しんこん》よね？　王都には旅行で来たの？」

「は、はい。そんなところです」

エメラリアの両手を、前のめりになったジェナが摑《つか》んだ。

「さっきは放《ほう》っておいたら、あなたたちが野次馬の餌食《えじき》になりそうだったから止めたけど、ちょっと惜《お》しいことしたなぁって後悔《こうかい》してるの。彼、カッコイイじゃない！　あなたを引き寄せたところなんて、劇のワンシーンを観《み》てるようだったわ。パッと見はスマートだけど、あれは何か身体《からだ》を使う仕事をしている人の体形ね。踊り子の私の目は誤魔化《ごまか》せないわよ？　ああ、もしかして本当に役者だったりするのかしら！　そうなら、あの身のこなしにも納得《なっとく》がいくわ……！」

熱く語る彼女にいったい何が火をつけたのだろう。

エメラリアは言葉を挟む間も与《あた》えられず、人形のように相槌《あいづち》を打つ。

「……ねぇねぇ」

どうしたものかと考えていると、ジェナが耳に顔を寄せてきた。内緒話《ないしょばなし》をするように、声のトーンを落として囁《ささや》く。

「夜のほうはどうなの？」

「……夜？」

なんのことかピンとこない。

「ちゃんと寝《ね》られてる？　疲《つか》れてるときは相手にきちんと伝えなきゃダメよ！」

だが、興奮すると突《つ》っ走る性格らしいジェナは、きょとんとするエメラリアの様子など些細《ささい》なことなのか、話は収まる気配がない。質問を理解していないなど、塵《ちり》ほどにも思ってないのかもしれない。

（も、もしかして、街の住人なら普通《ふつう》にわかる質問なの？）

『夜』という単語だけで、通じるほど街では有名な話なのだろうか。もしそうなら、大衆事情に疎《うと》い自分が答えることは難しい。どう考えても知識不足だ。とはいえ、アリステアに助けを求めようにも、こう離《はな》れていては相談することもできないだろう。

（ど、どうしよう……）

焦《あせ》ったエメラリアは、ぐるぐると頭を悩《なや》ませる。

（こうなったら、ジェナさんの言葉から推理して答えを見つけるしかないかも……ええと、夜に……寝られなくなるもの……）

ううん、と唸《うな》り、これでもかと頭をフル回転させた。

（私だったら…………………あ、寝相！）

エメラリアは心の中でポンと手を打った。『夜に相手の眠《ねむ》りを妨《さまた》げる』といえばこれだ。他人の家の寝相事情を知りたがる真意は測りかねるが、きっとエメラリアにはわからないことがあるのだろう。

「心配はご無用です。夜の旦那様は、とても穏《おだ》やかですから。寝られなくなるなんてことはありませんよ」

「あら、そうなの？　じゃあ彼、全然なんだ」

なぜか、少し残念そうにジェナが返す。

「そうですね。旦那様が動いている印象はあまり……どちらかといえば、私のほうが旦那様の眠りを邪魔《じゃま》しているかもしれません」

「えっ!?　待って、そっちのほうが意外だわ……」

「本当に恥《は》ずかしいんですけど……いつの間にか上に乗ってしまって、朝までそのままだったこともあるくらいで……」

「あららら」

ジェナは両手で口元を押さえ、目を瞬《またた》かせた。

「人は見かけによらないっていうけど……私、もしかしてとんでもない話聞いちゃったかしら……なんか、ごめんなさいね。最近、女の子とこうして話す機会がなくて、ちょっと調子に乗ってたわ……」

フッと天を見上げたジェナの表情は、蟠《わだかま》りが解けたときのように清々《すがすが》しい。満足そうなところを見ると、どうやらうまくこの場を切り抜《ぬ》けられたようだ。

(旦那様がいなくても、会話についていけてよかった……)

これで彼に迷惑《めいわく》をかけずにすむと、エメラリアは安堵《あんど》する。

……だからこそ、疑問を抱かずにはいられなかった。

「あなた、女の子ばかりに頑張《がんば》らせちゃダメじゃない! もう! これだからイケメンは!!」

彼女たちとの別れ際《ぎわ》、憤慨《ふんがい》したジェナがアリステアの背中をバシバシと叩《たた》いていたのは、どういう理由だったのだろう。

エメラリアは、耳にぶら下がったイヤリングにそっと触《ふ》れる。金具に留められた緑色の天然石がゆらゆらと揺《ゆ》れた。

「それが気に入ったか？」

「はい。とても」

隣《となり》を歩くアリステアに笑顔《えがお》で返す。

王宮を出るときには着けていなかったそのイヤリングは、ジェナが広場の露店《ろてん》で購入《こうにゅう》し、エメラリアにプレゼントしてくれたものだった。旅の記念と彼女は言っていた。

こんなふうに贈《おく》り物を貰《もら》うことは初めてで、エメラリアは嬉《うれ》しさのあまり、ついことあるごとにこうして触れていた。

「さすがに、人を楽しませることを生業《なりわい》にしているだけのことはあるな……俺も見習わなきゃいけないところがありそうだ」

喜ぶエメラリアを眺《なが》めていたアリステアが、顎《あご》に手を当てて考え込む。

「旦那様は、今のままでも十分だと思いますが……？」

これ以上、他人から何を学ぶつもりなのだろう。

エメラリアたちはあのあと裏通りに入り、ロマニーのおすすめの店で昼食をすませた。

そのあとは行き先を決めず、ゆったりと周辺を散策している。

この辺りに並ぶ建物は昔から続く店や住居が多く、表と比べると人は疎《まば》らだった。

錆《さ》び付いた看板、壁《かべ》を覆《おお》うように密生する蔓《つる》、石畳《いしだたみ》には子どもの落書きらしきチョークのあとが残っている。ベランダで咲《さ》く花が、裏通りに色を添《そ》えていた。そよぐ風が花を揺らす。どこもかしこも穏やかな時間が流れており、自然と歩みは遅《おそ》くなる。

「あ……」

ゆっくり進みながら立ち並ぶそれらを見ていると、あるものが目に留まった。大きな窓のある店の前で立ち止まる。

「どうした？」

「いえ、大したことではないんですが……このお店に置いてあるぬいぐるみが、シシィに似ていたので、少し気になって」

「シシィ？　……確か、ミルシェ様が飼ってる猫《ねこ》の名前だったか？」

「はい。ちょうど、あのぬいぐるみみたいに茶色にオレンジの縞模様《しまもよう》の子なんです」

覗《のぞ》き込んだ窓の向こうには、ミルシェが可愛《かわい》がっている猫と、同じ特徴《とくちょう》のぬいぐるみが置かれていた。

「こういうところへは俺も来たことがないな。ちょうどいい。入ってみるか」

純粋《じゅんすい》な興味からか、アリステアに連れられるように店の中に入る。明るい室内には店主らしき人物がカウンターの奥にいた。いらっしゃいと、にこやかに声をかけてくれる。

その店は、小間物を扱《あつか》う店だった。木製の棚《たな》には、ぬいぐるみの他《ほか》にも、様々な品物が所狭《ところせま》しと陳列《ちんれつ》されている。木彫《きぼり》の人形、レリーフの入った小箱や手鏡。ガラス戸の付いた棚には、ネックレスや指輪などの装飾《そうしょく》品もたくさん並んでいた。

エメラリアはその中からお目当てのぬいぐるみを手に取った。

「近くで見てもシシィそっくり」

昨日のお茶のあと、楽しんできてと、見送ってくれたミルシェにお土産《みやげ》として買って帰るのもいいかもしれない。

「旦那様《だんなさま》、これ――」

ミルシェのことを話そうと振《ふ》り返ると、アリステアはいつの間にか、手にひとつのぬいぐるみを持っていた。

金色の瞳《ひとみ》に毛足の長い白猫だ。愛くるしい顔でアリステアを見上げている。

「旦那様は、その子が気に入りましたか？」

「あ、ああ……そう、だな……」

猫を凝視《ぎょうし》していたアリステアは、エメラリアの問いかけになぜか歯切れ悪く頷《うなず》き、目線を宙に彷徨《さまよ》わせた。ぬいぐるみは速攻《そっこう》もとあった棚に戻《もど》される。

「購入されないんですか？」

「……ああ」

エメラリアからは相当気に入っているように見えたが、気のせいだったのだろうか。

(女の子が好むようなものだから、遠慮《えんりょ》してるのかしら)

「私、誰《だれ》にも口外したりいたしませんよ？　口は堅《かた》いほうだと自負しておりますし」

「……なんの話だ？」

「確かに、貴公子の風采溢《ふうさいあふ》れる旦那様からは想像しがたいですが、趣味《しゅみ》は人それぞれです。私は、旦那様がぬいぐるみを人知れず愛《め》でるような趣味をお持ちでも良いと思います」

これと信じて少しも疑っていないエメラリアに、アリステアはぎょっと目を剝《む》いた。

「待て。それはお前の勘違《かんちが》いだ……俺がこれを気に入ったのは、その…………似ていたからだ。念のため言っておくが、これ以外のぬいぐるみに一切《いっさい》興味はないぞ」

「そうなのですか？」

あまりにもまじまじとぬいぐるみを凝視していたから、てっきり他言しにくい趣味を持っているのかと思ったが、どうやら早とちりだったらしい。似ているというのも、アリステアが昔大事にしていた猫か何かのことだろう。

「でも、白色に金色というのは私とお揃《そろ》いですね。ちょっと親近感が湧《わ》きます」

「…………」

エメラリアの何気ない発言に、どういうわけかアリステアは苦笑いする。

「そ、そんなことより、お前はほしいものはないのか？　そのぬいぐるみはミルシェ様に差し上げるんだろう？」

柄《がら》にもなく狼狽《うろた》えたアリステアの視線が、エメラリアの手のひらにちょこんと座るぬいぐるみに移る。まだお土産の話はしていないのに、彼にはすでにお見通しだったようだ。

しかし、自分のほしいものまで尋《たず》ねられるとは想像しておらず、エメラリアは唸《うな》る。

「私がほしいものですか……」

「ジェナが言っていた記念というやつだ。俺からも贈らせてはくれないだろうか？」

「……旦那様がそうおっしゃるなら」

下手な遠慮をアリステアは好まない。だから、素直《すなお》にその気持ちに甘えようとする。

（……いいえ。違う）

だが、すぐにエメラリアは自分の考えを否定した。

「待ってください」

エメラリアは、別の棚に移動しようとしていたアリステアの服を後ろから引っ張った。

驚《おどろ》いた様子のアリステアがこちらを振り返る。

「どうかしたか？」

「伝え方を間違えました」

「伝え方？」

「はい。今のお返事ですが、旦那様にお願いされたからではなくて……私も旦那様との思い出が、ほしいです──と、そう訂正《ていせい》させてください」

アリステアの気持ちが嬉しい。エメラリアは遅《おく》れて理解した自分の感情を伝える。

「……やっぱり、見習ってみるもんだな」

「見習う？」

「いや、こっちの話だ。それより……エメラリアがそう言ってくれて安心した。これでなんの気兼《きが》ねもなく、お前に贈り物ができる」

アリステアはその端整《たんせい》な顔をほころばせた。

彼のそんな表情を見ていると、同じように幸せが込み上げるから不思議だ。

（ほしいもの、ちゃんと選ぼう）

エメラリアは心にそう決め、アリステアと一緒《いっしょ》に店内を見て回った。

「あ、これ」

陶器《とうき》や木材の装飾品が飾《かざ》られている棚の前で、エメラリアは足を止めた。そっとひとつのブローチを手に取る。

「青い鳥か。よくできているな」

「きれいな色ですね」

それは、鳥を象《かたど》った木彫《きぼ》りのブローチだった。翼《つばさ》が光沢《こうたく》のある青色で着色されている。

この国で青い鳥は自由を意味していた。エメラリアでも知っている有名な話だ。

たくさんある品物の中からそれを選んだのは、最早《もはや》無意識だったが、改めて考えるとその意味があったから目に留まったのかもしれないと思った。

エメラリアが求める自由はひとつ。

精霊《せいれい》も、愛《いと》し子も、何にも縛《しば》られることなくアリステアに恋《こい》をすること。

ずっと心の奥底で燻《くすぶ》っているその切実な願いは、今もどうすることもできないままだ。

ならばなおのこと、ここでこの青い鳥のブローチと出会ったことは、運命のような気がしてならなかった。

「これにします」

「もういいのか？」

「はい。こういうものは直感を信じたほうがよいと思いまして。それに青は、旦那様の瞳と同じ色ですし、ブローチなら普段《ふだん》から身に着けられます。旦那様がお仕事でいなくても、代わりにそばにいてくれると思うと心強いです」

ブローチは傾《かたむ》けるとキラキラと鈍《にぶ》く光を反射した。優《やさ》しい輝《かがや》きは、微笑《ほほえ》んだときのアリステアのようで、そんなところも好きになれそうだ。

「ですので、私はこちらに――旦那様？」

アリステアを見やると、なぜか彼は頭を抱《かか》えていた。

「はぁ……お前の純粋さは底なしだな。いちいち気にしている俺のほうが馬鹿《ばか》らしくなってくる」

その声はだいぶ疲弊感《ひへいかん》が漂《ただよ》っていた。気が付かないうちに、自分は何か困らせるようなことをしてしまったのだろうか。

「あの私……」

「俺も買う」

「え？」

不安になって伸《の》ばした手が触《ふ》れるより先に、アリステアが顔を上げた。先程《さきほど》の気落ちした声が嘘《うそ》のようにはっきりと宣言する。眼差《まなざ》しも力強い。そして、その勢いのまま大股《おおまた》でどこかに行って……すぐに戻ってきた。さながらとんぼ返りの素早《すばや》さだ。

「執務室《しつむ》に置く」

淡々《たんたん》とした調子で告げたアリステアの手には、例の白猫《しろねこ》のぬいぐるみが載《の》っていた。どういう心境の変化か、買うことに決めたらしい。

(悩《なや》んでいるように見えたのは、この子を買うか迷ってたから……？)

まだ疑問が残るものの、エメラリアは支払《しはら》いのためにブローチとぬいぐるみをアリステアに預ける。アリステアは迷いのない足取りでカウンターに向かっていった。

あっという間に夕方になり、ふたりは街をあとにする。
来た道——緩《ゆる》やかだが長い勾配《こうばい》を登りきり、エメラリアはふぅと息を吐《は》いた。

「ゆっくり登ってきたつもりだったが、すまない。速かったか？」

ペースを合わせて歩いてくれていたアリステアが、気遣《きづか》うように顔を覗《のぞ》き込んでくる。

「いえ、平気です。ずっと坂道で、ちょっと息切れがしただけですから」

こんなに歩いたのは生まれて初めてで、足は怠《だる》かったが嫌《いや》な疲《つか》れではなかった。

夜が近く、かすかに湿《しめ》り気を含《ふく》んだ風が汗《あせ》ばんだ肌《はだ》には心地《ここち》よい。

丘《おか》の上には、来たときと同じ場所に馬車が停《と》まっていた。待ってくれていた御者《ぎょしゃ》がこちらに気が付き、深くお辞儀《じぎ》をする。

（もう、終わりなのね……）

あの馬車に乗ってしまえば、あとは王宮に帰るだけ。今日が楽しかったせいか、エメラリアはこのまま帰るのが名残《なご》り惜《お》しくなってしまう。

「エメラリア、こっちだ」

大人しく馬車に向かおうとすると、アリステアが別方向に手を引いた。

「お前には夕日を見せる約束をしたからな。御者の彼には申し訳ないが、もう少しだけ待ってもらおう」

丘には盛り上がった高台のような場所があり、アリステアは御者に目配せをすると、そこに向かった。芝《しば》の上に一本だけ佇《たたず》む木の奥へ、エメラリアを導く。

「ここだ」

先を歩いていたアリステアが身体《からだ》を退《ど》かす。

一瞬《いっしゅん》、眩《まぶ》しさに目を伏《ふ》せたエメラリアは、続いて飛び込んできた景色に言葉を失った。

「――！　……すごい……」

それは、山の尾根《おね》に悠然《ゆうぜん》と沈《しず》んでいく太陽だった。

「きれいだろう？」

「はい……本当に……なんと表現したら……」

エメラリアは一目で、その見事な景色に釘付《くぎづ》けになった。声が感動で震《ふる》える。

空は日の赤と、夜の紺《こん》が混ざり合い、複雑な色彩《しきさい》を醸《かも》し出していた。

目を焼くほどの強い光と、静けさを孕《はら》んだ深い闇《やみ》。

ふたつが織り成す世界は、絶え間なく、果てしなく。

空に浮《う》かぶ雲も、城下の街も、森の木立も、そして自分たちも、光に照らされ影《かげ》を生み出し、同じ色に染まっている。すべてが呑《の》み込まれ一体となっている。

巨大《きょだい》な絵画の一部のようだった。

エメラリアはただひたすら、記憶《きおく》に刻むように夕日を眺《なが》めた。

そうしているうちに、今日あった出来事が順々に頭の中を巡《めぐ》る。

「……ジェナさんに、ロマニーさん」

ふいに、ぽろりと親しくなったふたりの名前が口から零《こぼ》れた。

「そのふたりがどうかしたか？」

「あ、いえ……夕日を見ていたら、いろいろ思い出してしまって……おふたりに限らずですが、街で出会った方たちは、みんな明るくて親切で楽しい方ばかりでしたから……」

エメラリアは、耳にぶら下がったイヤリングに触れる。

「それに、ジェナさんからは素敵《すてき》な贈《おく》り物をいただきましたし、ロマニーさんにもおいしいお店を教えてもらったので感慨《かんがい》深くて」

「あのふたりの……特にジェナの勢いは、ちょっと怖《こわ》かったけどな。いまだにどうして叩《たた》かれたのか謎《なぞ》だ」

最後に背中を叩かれたアリステアは、それでも楽しい思い出になったのか、愉快《ゆかい》そうに笑った。

「そのあとに行った裏通りの落ち着いた風情《ふぜい》も私は好きです。ミルシェ様へのお土産《みやげ》も見つかりましたし、私もこのブローチと出会うことができました」

左胸で光る青い鳥のブローチを優しく撫《な》でる。買ったあとすぐに着けたのだ。

「楽しかったです。これで終わってしまうのがもったいないくらい」

今日はエメラリアにとって、幼い頃《ころ》に絵本で読んだ宝探しの物語そのものだった。

エメラリアは、見つけた大切なものを抱《だ》きしめるように、手を胸の前で握《にぎ》りしめる。

「だから……旦那《だんな》様。今日は、本当にありがとうございました」

溢《あふ》れる衝動《しょうどう》のまま、アリステアに笑顔《えがお》を向け、自ら手を繋《つな》いだ。

アリステアが小さく息を呑む。

「あ……お嫌でしたか？」

「まさか。嫌なわけがない」

彼の反応から咄嗟《とっさ》に手を離《はな》そうとすると、逆に攫《さら》うかのような力強さで引き寄せられた。

トン、と彼の腕《うで》に肩《かた》が触れる。

（ああ、また……すごく、ドキドキする……）

アリステアのことを意識すると胸の奥が疼《うず》く。

（……もっと、ぎゅってしてほしい……）

手だけではなく、いつかのように抱きしめて、触れていてほしいと思った。

そして、この感情が恋《こい》だというのなら、素直《すなお》に従ってしまいたいとも。

だが、同時にその胸の高鳴りを、どこか冷静に捉《とら》えていることにも気が付いていた。

触れていたいだなんて、まるで愛《いと》し子に惹《ひ》かれているときのようだと。

薬だって効いているにもかかわらず、こんなふうに感じてしまうことが不安を呼ぶ。

（どこまでが私の気持ちなの？）

手を繋いだときも、ダンスをしたときも、今こうして触れたときも、アリステアへの感情が、はっきり自分のものだと言い切れる自信がない。

愛し子に惹かれる精霊《せいれい》の性《さが》がある限り。考えれば考えるほど深みに嵌《はま》ってしまう。

(自分のことなのにわからないというのは、こんなに寂《さび》しいことなのね……)

せっかく貰《もら》った宝物が、指の隙間《すきま》から零れ落ちていってしまうような感覚だった。

「旦那様」

エメラリアはもう片方の手もアリステアの腕に回し、きゅっと服を握りしめた。

「エメラリア?」

「もう少しだけ、ここにいてもいいですか? その……やっぱり今日が終わってしまうのがまだ寂しくて……」

自分のことがわからなくて寂しいとは伝えられなかった。ただ、アリステアに触れていたくて小さな嘘をつく。

「構わない。エメラリアがそうしたいなら、いくらでも付き合う」

「ありがとうございます……」

エメラリアは、そっとアリステアの腕に頭を寄せた。

アリステアは優《やさ》しい人だ。それに人を惹き付ける魅力《みりょく》がある。

魅力というのは、単に顔がいいからだとか、所作が洗練されているからとかではなく、他者を思いやれるところだったり、意志の強さだったり、心のあり方そのものが外側に溢れ出てきた結果なのだと思う。

アリステアに憧《あこが》れ、好意を抱《いだ》いていた多くの令嬢《れいじょう》たちは、彼のそういったところに惹かれたのかもしれない。

もし、自分も彼女たちと同じように、アリステアのことを初めから好きでいたら、こんな悩みを抱《かか》えることもなかったのだろうか。

（……でも、どうして私だったのかしら……）

エメラリアは、アリステアの腕から頭を上げた。

結婚《けっこん》が決まってから今まで尋《たず》ねたことがなかったが、そもそもなぜアリステアはエメラリアを選んだのだろう。

家柄《いえがら》も器量もアリステアに抱《いだ》く好意も、他人と比べればエメラリアは中途半端《ちゅうとはんぱ》だ。侯爵《こうしゃく》家が得をするような特別なものは何もない。

「旦那様は……どうして私と結婚しようと思ったのですか？」

「……それは、どういう意味だ？」

いささか唐突《とうとつ》すぎたのか、アリステアは不思議そうな面持《おもも》ちで尋ねてきた。

「旦那様に憧れていた女性は、私が知るだけでも数えきれないほどおりましたから、その方たちより私が選ばれたのが、今さらながら気になってしまって……旦那様には、お兄様が私との結婚を勧《すす》めたのですよね？」

「そうだが……」

アリステアは、話すかどうか迷っているようだった。

「あの、話しにくいことでしたら無理にとは……」

「いや。別に隠《かく》すようなことでもないから、お前が知りたいなら話そう」

そう言うと、アリステアは街の方を向く。

「始まりは、両親に結婚を急《せ》かされたことなんだが……他愛《たわい》ない世間話のつもりで、周囲の人間にそのことを漏《も》らしたんだ。……結果からいえば、それがよくなかった。噂《うわさ》とは恐《おそ》ろしいな。それから毎日、縁談《えんだん》目的の手紙をもらうようになった」

当時を知らないエメラリアには、実際どれくらい彼のところにそういう話がいったのかはわからない。だが、事情を語るアリステアの声振りや表情だけでも、その量がなんとなく窺《うかが》い知れる。

「今までそういうことを後回しにしてきた罰《ばつ》だな。仕方ないとはいえ、よく知らない女性ばかりの中から、どう相手を選べばいいのかすらわからなかった」

アリステアは、情けない話だろ？　と苦笑《くしょう》する。

「結婚相手を選ぶために、仕事を疎《おろそ》かにするわけにもいかないからな。どうしようかと考え倦《あぐ》ねていたところに、ヴィオがお前と結婚しないかと提案してきたんだ。ほとんど知らない相手という点が同じなら、親しい友人の妹でも変わらないと思った」

喋《しゃべ》るのを止めたアリステアが、黙《だま》って話を聞いていたエメラリアの方を向く。

「すまない。お前のことをほとんど知らずに、友人の妹だからという理由だけで相手に選んだんだ。怒《おこ》っても構わない」

「そんな……私は本当のことが知りたかっただけですから、怒ったりなどいたしません。私たちの社会で恋愛《れんあい》結婚なんて稀《まれ》ですし……それに、どちらかと言えば旦那様も私と同じような理由で安心いたしました」

どんな経緯《けいい》であれ、最終的には彼自身が選んでくれたことがエメラリアは嬉《うれ》しかった。

ところが、アリステアはエメラリアの返事に納得《なっとく》できないことがあったのか、眉間《みけん》に皺《しわ》を寄せる。

「エメラリアは」

「え?」

「同じような理由で、と言ったが……お前にも他《ほか》に縁談の話があったのか?」

「え……? ありませんでしたが……」

なぜそんなことを聞いてくるのかわからず、エメラリアは戸惑《とまど》いながら首を横に振《ふ》った。

「だったら、どうして同じなんだ?」

「それは、その……同じと言ったのは、誰《だれ》が相手でもよかったからです。……あ、これだと少し語弊《ごへい》があるでしょうか……つまり、父たちが選ぶ相手に間違《まちが》いはないと信じておりましたから、もし知らない方でも一緒《いっしょ》になろうと考えていました」

「……相手が俺でなくても？」

どうしてアリステアは、先程《さきほど》から意図のわからない質問をしてくるのだろう。

「そうですね……もし、お兄様が旦那様に私の話をしていなかったら、私は別の方と結婚していたでしょうね」

アリステアの質問に答えることしか考えていなかったエメラリアは、深く考えずに口から出た言葉に、なぜだか胸の奥がぎゅっと苦しくなった。

握《にぎ》られた手に力がこもったのはエメラリアの思い違いか。

アリステアを見上げると、黄昏《たそがれ》が映るその瞳《ひとみ》は少しだけ滲《にじ》んで見えた。

【第五章】交差する想い

「はぁ……」

アリステアは、机の物陰《ものかげ》に置いた白猫《しろねこ》のぬいぐるみを横目に、深い溜《た》め息をついた。

地道な努力の末、やっと例の事件が解決に向けて動き始めている。余計なことなど考えている暇《ひま》などないというのに。

数日前にエメラリアとふたりで出かけた日から、アリステアは自分の気持ちが整理できないでいた。

どうしても、ふとした瞬間《しゅんかん》にエメラリアのことが頭を過《よぎ》るのだ。打ち消してもまたすぐに現れ、気が付くと彼女のことばかり考えている。

まるで、恋を知ったばかりの少年にでもなったかのような気分だった。

(だが、あながち間違いではないのか)

自分でそう思うのも無理はない。

アリステアは、エメラリアに恋《こい》をしていた。それも初恋だ。

十代の頃《ころ》にだって特別な女性なんて作ったことがなく、学業や仕事一筋だった自分が、まさか大の大人になってからこんな気持ちを抱くことになるとは想像もしていなかった。

もちろん、彼女と夫婦《ふうふ》になったからには、生涯《しょうがい》大切にするつもりだった。

ただ、愛し合って結婚したわけではないから、そこに恋が生まれなくても仕方ないと思っていた。せめて、両親や兄弟に抱くような愛くらいは育《はぐく》んでいけたら……と最初はその程度の気持ちだったのだ。

ところが、現実は想像の遥《はる》か斜《なな》め上をいった。

誤算だったのは、エメラリアのことをあまりにも知らなかったことだ。

出会ってから結婚するまでは、それこそ真面目《まじめ》で大人びた少女くらいにしか思っていなかった。淡白《たんぱく》なところもあり、あまり笑わない印象もあった。

しかし、結婚して一緒にいる時間が増えるにつれ、それはアリステアの勝手な偏見《へんけん》だったことに気が付かされた。

エメラリアは、年相応の普通《ふつう》の女の子だった。

アリステアとの考え方の違いに戸惑い、悩《なや》み、ときには涙《なみだ》を流した。

表情も豊かで、笑わないなんてのも嘘《うそ》だ。今まで何度も見せてくれた心からの笑顔《えがお》は、ほころんだ花のように眩《まぶ》しく、摘《つ》み取ってしまいたいほど可愛《かわい》かった。

そして何より、アリステアをどこまでも健気《けなげ》に慕《した》ってくれる。しかも、本人はそれが当たり前と思っている節があり、無自覚なのがまた厄介《やっかい》なのだ。

ただ、そんな恋心も砂糖菓子《がし》のように単純に甘いだけなら、こんなに長いこと悩む必要もなかった。

アリステアは想いが募《つの》っていくほど、きれいごとではすまされない欲がむくむくと膨《ふく》れ上がるのを嫌《いや》というほど感じていた。卑《いや》しい自分を疎《うと》ましく思うのに止められない。

彼女にはゆっくりでいいと余裕《よゆう》ぶったくせに、結局は自分もただの男なのだと嘲笑《ちょうしょう》されているようだった。

しかも最低なことに、その欲を抑《おさ》えきれず二度も彼女にぶつけようとしてしまった。

一度目は、数日前の広場でのあれだ。公衆の面前だということも忘れ、思わず唇《くちびる》を奪《うば》ってしまいそうになった。ジェナが止めてくれなければ、間違いなくあのまま口付けていただろう。

「はぁぁぁ……」

アリステアは、項垂《うなだ》れるように再び溜め息をついた。

目に留まった白猫のぬいぐるみを手のひらに載《の》せる。疚《やま》しいことがあるせいか、可愛らしい金色の瞳が責めるようにこちらを見上げているような気がした。

「悪いのは俺なんだ。お前は何も悪くない」

「うわ……なんか変な方向に拗《こじ》らせてる」

——ドタッ！　ガタガタッ！　ガタンッ!!

アリステアは重量があるはずの椅子《いす》を盛大に倒《たお》し、絨毯《じゅうたん》の上に転げ落ちた。

「……大丈夫《だいじょうぶ》？」

「………お前、どうしてここに」

尻餅《しりもち》をついたアリステアは、痛みを堪《こら》えながら突然《とつぜん》の訪問者にゆるゆると顔を上げた。

「どうしてって、仕事に決まってるでしょ。言っとくけど、俺は何回もノックしたからね」

動揺《どうよう》するアリステアを、残念なものでも見るかのような目で眺《なが》めるのはヴィオだ。

「そ、そうか……そうだよな。すまない」

今さら取り繕《つくろ》ってもどうにもならないが、アリステアは転がった椅子を速攻《そっこう》で直し、咳払《せきばら》いをひとつする。何事もなかったかのように書類を受け取り、改めて執務《しつむ》に集中しようとページを捲《めく》った。

しかし、アリステアの思いとは裏腹に、その爆弾《ばくだん》は軽率《けいそつ》に投げ入れられた。

「アリスってエメルのこと好きなの？」

「はっ⁉」

今度は書類を落としそうになり、アリステアは慌《あわ》てふためく。

「な、なんでそうなる⁉　俺は別に、エメラリアの話はしてなかったと思うが⁉」

いつも仕事場では『団長』と呼ぶくせに、こういうときだけ名前で呼ぶのがまたいやらしい。

ヴィオは、机に置いてあるぬいぐるみを指差した。

「さっき手に持ってたそれ。白い毛並みに、金色の瞳ってわかりやすすぎ。どうせエメルに似てるとでも思ったんでしょ？　全体的な雰囲気《ふんいき》もなんとなく似てるし、その子見ながらあんな意味深な溜め息つくし、話しかけただけであんなに動揺されたら、ねぇ？」

「うっ」

痛いところをつかれ、ぐうの音も出ない。

「す、好きだったら悪いのか」

「まさか。悪いなんて全然思ってないよ。自分の奥さんじゃん。むしろ正当でしょ。これがもし、エメル以外の女性が好きですって言ってたら、間違いなく剣抜《けんぬ》いてたけど」

にっこりと口角を上げたヴィオが、右腰《みぎごし》にさしてある剣をポンポンと叩《たた》いた。

彼は冗談《じょうだん》めかして笑うが、アリステアからしたって他《ほか》の女性なんて冗談ではない。

注目される立場上、誰に対しても模範《もはん》的な対応をするように普段から心がけているが、いうなればそれは義務みたいなものだ。相手が女性であってもそれは変わらない。必要以上に自分から誰かと深い関係になろうなんて考えたこともない。

ただひとり、エメラリアだけがその義務の枠《わく》を超《こ》えて、アリステアに恋を教えたのだ。

「でも、さすがは俺の妹。色恋ごとに鈍感《どんかん》な団長を手玉に取るなんてやるじゃん。これでやっと団長も普通の健全な男の子になったんだね。よしよし、おめでとう～」

「おい、やめろ」

頭を撫《な》でようとするヴィオの手をはたくが、彼は相変わらず相手の話を聞かない。

「これは子どもができるのも時間の問題かな。楽しみだなぁ！　ハッ、だとしたら俺も伯《お》父《じ》っていう立場かぁ。もちろん嫌って意味じゃないからね。子どもは好きだし。男の子と女の子どっちでも大丈夫だから！　そうだ。せっかくだし名付け親に立候補しようか？」

「……盛り上がってるところ悪いが、俺とエメラリアはまだそんな関係じゃないぞ」

「え…………えええええっ⁉」

執務室に目を丸くしたヴィオの叫《さけ》び声が響《ひび》き渡《わた》った。

「嘘⁉　なんで⁉　俺の甥《おい》と姪《めい》はぁ⁉」

「こっちにもいろいろ事情があるんだ！　だいたい、そういうことは俺ひとりの感情だけで突《つ》っ走っていい話じゃないだろう。それにエメラリアは俺の気持ちを知らない」

「だったら伝えればいいじゃん。もう結婚《けっこん》してるんだしさ。エメルだってアリスのこと一番信頼《しんらい》してると思うよ。だから、その先のことだって大丈夫だと思うけどな！」

「簡単に言ってくれる」

むくれるヴィオに、アリステアは自嘲《じちょう》するように薄《うす》く笑った。

そもそも、愛《いと》し子という特異体質が治るまで、アリステアはエメラリアとこれ以上関係を進めるつもりはなかった。それが仕事で彼女にまで迷惑《めいわく》をかけてしまった自分なりのけじめだ。もっといえば、彼女が自然と許してくれるまで待つつもりだった。

世継《よつ》ぎのこともあるから回避《かいひ》はできないが、彼女の気持ちを尊重することをアリステアは十分に考慮《こうりょ》していたのだ。……当然、口付けだって。

（……そのはず、だったんだがな……）

自らが犯《おか》した二度目の失態が脳裏《のうり》に蘇《よみがえ》り、アリステアはきつく唇を嚙《か》み締《し》めた。


それは、エメラリアと出かけた日の夜中の出来事だった。

アリステアは隣《となり》で寝《ね》ているエメラリアが、もぞもぞと動く振動《しんどう》で目を覚ました。彼女は薬の効果が切れ、アリステア——愛し子を探している最中だった。

「エメラリア」

アリステアは優《やさ》しく呼びかけ、エメラリアが近付きやすいように上掛《うわが》けを腕《うで》で広げてやる。そうすると、エメラリアは迷わずその中に潜《もぐ》り込む。ぴったりと身体《からだ》を寄せて、きゅっとアリステアの夜着を握《にぎ》りしめた。瞳《ひとみ》はゆっくり閉じたり開いたりを繰《く》り返しており、夢と現実の狭間《はざま》を彷徨《さまよ》っているようだ。

実は、薬が切れる時間のエメラリアはこうして起きていることがほとんどだ。ただ、状態が状態なだけに、彼女自身は起きていることを覚えていない。朝になって、ようやくアリステアにくっついていることを知るのだ。

アリステアはかなり前からその事実を知っていて、毎夜世話を焼いていたのだが、本人には黙《だま》っていた。彼女の場合、アリステアを起こしていると知れば、責任を感じて長椅子で寝ると言い出し兼《か》ねないからだ。絶対いつぞやの二の舞《まい》になると思い、口を閉《と》ざしていた。……最初は。

今では、専《もっぱ》ら彼女を自分の腕に抱《だ》いて寝るのを邪魔《じゃま》されないために、黙っているのだから本当にどうしようもない。

だが、そんなアリステアも多くは望まず、ただ隣で眠《ねむ》れるだけで幸せだった。

変わってしまったのは、あの丘《おか》で彼女の言葉を聞いてからだ。


——別の方と結婚していたでしょうね。


アリステアの質問に、なんてことないように答えたエメラリアの横顔が忘れられない。

あのとき、彼女は自分ではない誰《だれ》か他の男を想像していたのだろうか。そんな世界があってもいいと、違《ちが》う人生を思い描《えが》いたのだろうか。

（いるかもわからない相手に嫉妬《しっと》するだなんて、いつから俺はこんなに心が狭《せま》くなったんだ……）

自分でも落ち込むほど余裕《よゆう》を失っていく。

アリステアが愚《おろ》かだったのは、エメラリアがいずれ信頼以上の感情を、自分に抱いてくれると信じて疑っていなかったことだ。あの言葉で、そんな保証などどこにもないことがやっとわかった。

悠長《ゆうちょう》に構えていたら、いずれ誰かに——という想像が焦《あせ》りを大きくする。結婚していたとしても、それが心を繋《つな》ぎ止める術《すべ》にはならない。

（俺のほうこそ自分の都合で彼女のことを選んだくせに、ひとりの男として見てほしいだなんて、我《われ》ながら勝手すぎるよな……）

行き場のない悶々《もんもん》とした苦しみを吐《は》き出すように、アリステアは枕《まくら》に顔を埋《うず》めた。

「んん……」

アリステアの動きに反応したのか、腕の中でエメラリアが身じろいだ。

「ああ……すまない。起こしてしまったか？」

首を上に傾《かたむ》けたエメラリアが目をしばしばさせながら、こちらを見つめる。

無垢《むく》な瞳には、アリステアだけが映っていた。

（都合のいいように誤解してしまいそうだ）

彼女の言動ひとつで一喜《いっき》一憂《いちゆう》している自分が滑稽《こっけい》で、少しだけ悔《くや》しくなる。

だからこれはちょっとした仕返しのつもりだった。

静かな寝室《しんしつ》にベッドの軋《きし》む音が響く。

アリステアは、エメラリアを閉じ込めるように上から覆《おお》い被《かぶ》さった。

「…………」

組み敷《し》かれたエメラリアは抵抗《ていこう》しない。薬の効果が切れ、愛し子が絶対の彼女には意地の悪いいたずらだ。

見下ろした先、まだ一度も触《ふ》れたことのない、無防備な唇《くちびる》に釘付《くぎづ》けになった。

(今だけでも、お前に許されたら俺は……)

欲に従うまま、そんな魔《ま》が差す。ゆっくりと片腕を持ち上げ、手を伸《の》ばした。

そうして指がそこに触れる刹那《せつな》――

「ん……」

何かを感じ取ったのか、エメラリアがきゅっと眉《まゆ》を寄せた。

その途端《とたん》アリステアは正気に戻《もど》され、自分のしようとしていたことに驚愕《きょうがく》する。

広場であったことを、悔やんだ矢先にこれだ。己《おのれ》の堪《こら》え性《しょう》のなさに俯《うつむ》くように顔を背《そむ》ける。

だが、そのとき閉じた瞼《まぶた》はすぐに跳《は》ね上がった。両肩《りょうかた》の上を何かがするりと通り抜《ぬ》けたのだ。確かめる間もなく、くいっと首を引っ張られる。

見ればエメラリアが腕を伸ばし、アリステアを引き寄せていた。

動けずにいるアリステアを無視して、エメラリアはぐいぐい距離《きょり》をつめてくる。終《しま》いには、彼女自身も首を伸ばし、何をするのかと思えば、懐《なつ》いた猫《ねこ》のように頬擦《ほおず》りをした。

「――ッ！」

息が頬を掠《かす》め、一気に全身が熱くなった。

とにかく平常心を保つよう自分に言い聞かせたものの役には立たない。情《なさ》け容赦《ようしゃ》のないエメラリアが、止《とど》めを刺《さ》すかのように耳元で続けざまに囁《ささや》く。

「だんなさま、すき」

息が止まるほどの破壊力《はかいりょく》だった。たまらず抱きついていた腕を引き剥《は》がす。ぽふん、と枕に落ちたエメラリアが小さく声をあげた。アリステアは、呑《の》み込んでいた息を吐く。

「はぁぁぁ……」

仕返しのつもりがとんだ返り討《う》ちをくらい、気力を失ったようにベッドに倒《たお》れこんだ。すかさずエメラリアが、ぴったりとくっついてくる。

アリステアはもう余計なことはしまいと決め、大人しく柔《やわ》らかな髪《かみ》をそっと撫でた。エメラリアは、触れられるのが気持ちいいらしく、こうすると自ら頭を擦《す》り付けてくる。

そうしてまた、愛し子に愛を囁く。

「す、き……」

夢うつつ。吐息《といき》ほどの小さな声に、アリステアも音にはせず、口だけを動かす。

――俺もだ。

エメラリアをもう一度抱きしめてやれば、彼女の片腕が応《こた》えるように背に回った。

本当に互《たが》いを求めあう夫婦《ふうふ》のように。

ぬくもりという確かな幸せを感じる中、アリステアはいつしか眠りについていた。


精霊《せいれい》と愛《いと》し子。

この関係はアリステアに甘い夢を見せるが、しょせん夢は夢だった。

朝になれば、現実に引き戻される。夢に踊《おど》らされ、彼女にひどいことをしようとした記《き》憶《おく》と、罪悪感だけを残して――

ヴィオは、エメラリアなら自分を受け入れてくれると言った。

きっとその通り、真面目《まじめ》で優しい彼女なら、アリステアの願いを聞き入れるだろう。妻の義務だと言い、我慢《がまん》だってするかもしれなかった。

しかし、そんなふうに支配したところで、結局はエメラリアの気持ちを置き去りにしてしまう行為《こうい》にすぎない。あとに残るものは、もう何かわかっている。

「エメラリアは俺とは違う。気持ちを打ち明けたところで彼女の重荷になるくらいなら、黙っていたほうがいい」

アリステアはまだ何か言いたげにしているヴィオに、無理矢理《むりやり》報告書の束を持たせると、部屋から追い出すように遠ざけた。

結論は、悩《なや》む前からもうすでに出ていた。


アリステアの様子がおかしい。

エメラリアは王宮の通路を歩きながら、ずっとそのことを考えていた。

異変に気が付いたのは、数日前、一緒《いっしょ》に出かけた日の帰りだ。普段《ふだん》と態度は変わらないから最初は気のせいかと思ったが、次の日の朝になってそれは確信に変わった。

アリステアの周囲に靄《もや》を感じるようになったのだ。濃《こ》くはっきりしたものではないが、渦巻《うずま》くように彼を囲ってしまっていた。しかもそれが現れるのは、決まってこちらから触れようとするときなのだ。近付くなと言われているようで、エメラリアは手を引っ込めるしかなかった。

（私……嫌《きら》われてしまったのかしら……）

けれど、突然《とつぜん》すぎて嫌われる理由に覚えがない。

(……私がはしゃぎすぎたせい？)

思い返せば、あの日はかなり淑女《しゅくじょ》らしからぬ姿をアリステアに見せてしまった。もしかしたら、その中に彼を幻滅《げんめつ》させるようなことがあったのかもしれない。

とぼとぼと力なく歩いていたエメラリアは立ち止まり、胸に着けているブローチに手を添《そ》えた。

この国では離婚《りこん》も許されている。アリステアが望めば、可能性だってないわけではなかった。願いを叶《かな》える前に、この恋《こい》にもならない想《おも》いは終わりを迎《むか》えてしまうだろう。

(そんなの、嫌《いや》……)

思わず涙腺《るいせん》が緩《ゆる》み、急いで水分を散らす。気をまぎらわすためにひとりで散歩へ出たはずなのに、まったく意味をなしていない。

さらに、俯いていたせいもあって横の通路から出てきた人物に気付くのが遅《おく》れた。

「――あ」

声を上げたときにはもう間に合わず、歩き出すとほぼ同時に、鈍《にぶ》い音を立てて勢いよくぶつかってしまう。

「きゃ……！」

エメラリアは弾《はじ》かれるように絨毯《じゅうたん》の上へ倒れた。その束《つか》の間、鼻孔《びこう》を爽《さわ》やかな香《かお》りが掠《かす》める。しかし、深く考える前にそれはすぐに別の香りに上書きされ、掻《か》き消された。

「茶葉が！」

正面から聞こえた声に視線を上げると、王宮の使用人の格好をした少女が、絨毯に転がった四角い物体に駆《か》け寄ったところだった。

エメラリアには目もくれず、大事そうに拾い上げたのは、紅茶の茶葉が入った缶《かん》だ。ぶつかって落ちた拍子《ひょうし》に蓋《ふた》が開いてしまったらしく、中身が少し零《こぼ》れている。どうやら香りの正体はこの茶葉のようだ。

「ごめんなさい。私がよそ見をしていたから……それ大事なものだったのよね？」

起き上がったエメラリアが話しかけると、その使用人の少女はびくりと肩《かた》を震《ふる》わせた。

「あ、いえ……そんな大したものではございませんから、大丈夫《だいじょうぶ》です……私のほうこそ、申し訳ございません。貴族の方にとんだご無礼を……どうかお許しください」

頭を下げた少女は、発言とは真逆に、やはり茶葉の缶を大事そうに抱《かか》え込む。

「ぶつかった原因は私だもの。あなたを咎《とが》めるようなことはしないわ。それより――」

王宮の通路にいつまでも茶葉をばら蒔《ま》いておくわけにはいかない。散らばった分をかき集めようとエメラリアが座り込むと、少女がぱっと顔を上げた。

「あ、お待ちください。片付けは私が……それに臭《にお》いが……」

「臭い？」

物言いたげに少女はこちらを見るが、エメラリアはなんのことだかわからなかった。そうしているうちに、少女のほうが察したような顔つきになる。

「え……まさか平気なんですか？」

「茶葉の香りのこと？　甘くていい香りだとは思うけれど……」

気落ちしていたエメラリアには、それこそちょうどいいくらいの優《やさ》しい香りだ。

だが、それを聞いた少女は信じられないものでも見るかのように目を見開いた。

「……まさか、この方がそう、なの……？」

エメラリアには聞こえない小さな声で呟《つぶや》く。

「あの何か……？」

「……いえ。なんでもございません。そんなことより、零れた茶葉は私が掃除《そうじ》しておきますので、本当に気にしないでください。あなたのような方に掃除をさせたことがバレたら、私のほうが叱《しか》られてしまいますから」

どういうわけか先程《さきほど》よりも少女の声色《こわいろ》が冷たくなったように感じたが、その言葉は正しい。

「……わかったわ。片付けはお願いするわね」

「はい」

「茶葉、零してしまって本当にごめんなさい」

エメラリアはもう一度少女に謝って、その場をあとにした。

残された少女は缶を抱きしめ、絨毯に散らばった茶葉を冷ややかな瞳《ひとみ》で見下ろしていた。


アリステアとヴィオ、数人の団員は瑠璃鶫宮《るりつぐみ》を訪《おとず》れていた。

「フェンリート殿下《でんか》、またいらっしゃらないんですか？」

「申し訳ございません」

団員の問いかけに対し、使用人の少女が表情を変えずに返す。

「ぐぅ……ここまで上がって来るのかなり大変なのに……」

愚痴《ぐち》を零す団員たちの後ろには、ぐるりと螺子《ねじ》を巻いた螺旋《らせん》階段がある。

瑠璃鶫宮の本来の役割は監視塔《かんしとう》だった。部屋数は少ないものの、十階以上の高さを誇《ほこ》る。

そして、目的の人物であるフェンリートの部屋があるのは最上階だ。辿《たど》り着くまでの労力を考えれば、積極的に来たい場所ではないのは確かだった。

「ですが、私にもあの方が戻《もど》る時間はわかり兼《か》ねますので、今日は帰られたほうがよろしいかと思います。騎士《きし》団の方々が来られたことは、私からあの方に伝えますので」

それでも返事が変わらない少女に、アリステアはやむなしと判断する。

「仕方ない。また日を改めるぞ」

「あれ、また下るのか……」

隣《となり》にいたヴィオも顔をしかめれば、ふっと少女が一瞬《いっしゅん》アリステアを見た。目は……合ったはずだった。しかし、彼女は何を話すでもなく、ただ早く出て行けといわんばかりに、じっと簡素な扉《とびら》の横に立ち続ける。

結局半ば追い出されるかたちで、アリステアたちは部屋から立ち去ることを余儀《よぎ》なくされた。扉は素っ気なくぱたんと閉められる。

「……主人が変わり者だと、使用人も変わり者なんですねぇ」

来た道を戻りながら、団員のひとりが零《こぼ》す。

「そうそう。いくら王宮勤めとはいえ、まったく隙《すき》もありませんしね。話が進まないったら！」

「本当に。このまま本人に会えないんじゃ埒《らち》が明きませんし、せめて許可なしで部屋の捜《そう》査《さ》できるようになりませんかね？」

「難しいな。王族に直接話を聞く許可が下りただけでも、異例なことだ」

「そうですよね……」

「でも、そもそも王子は風変わりな方ではありますけど、この事件に関係あるんでしょうか……例の、ブランニアの花が生まれた場所がここととはいえ……そんなことすら興味がなさそうな方に見えますけど」

部下が漏《も》らす疑問に、アリステアはここの庭に咲《さ》いていた素朴《そぼく》な花を思い浮《う》かべた。

今でこそ城のあちこちで見かけるその花は、この瑠璃鶫宮で生まれたらしい。聞く限りでは、フェンリートが気まぐれで作り出した花だとも。

そのため、香水《こうすい》事件をブランニアから追っているアリステアたちからすれば、ぜひともフェンリートには話を聞いておきたかった。

ところが、件《くだん》の王子はなかなかクセのある人物だった。

こうして何度か訪ねてはいるものの、とにかく会えない。使用人に聞いても、毎度あの対応で追い返されてしまう始末である。

（あの方は、政《まつりごと》にも興味がないようだし、何よりこんな塔《とう》に住むくらいだからな……）

国の要人と顔を合わせる機会が多いアリステアにとってさえ、謎《なぞ》の多い人物である。知っているのは、誰《だれ》に似たのか、とてつもなくマイペースな方というくらいだ。どう接触《せっしょく》を図《はか》るか、ある意味で判断が難しかった。

「やっと外！」

長い階段を下り、薄暗《うすぐら》い塔から抜《ぬ》け出せば、ヴィオがぐっと腕《うで》を上げて身体《からだ》を伸《の》ばした。

アリステアは、来るときは特段気に留めていなかった花壇《かだん》へ近付く。

手入れの行き届いた庭で咲くブランニアを見つけた。甘すぎず、どちらかといえば爽やかな香《かお》りを纏《まと》うブランニアに手を伸ばす。

「……ん？」

と、煉瓦《れんが》の上に、何か茶色いものが小さな山を作っているのを発見した。土か肥料か、普通《ふつう》なら歯牙《しが》にもかけないだろうが、他《ほか》がきれいすぎてそれだけが異様に目立っていた。

（これは……枯《か》れ草か？）

「団長？」

「あ、ああ……今行く」

もうすでに瑠璃鶇宮から出ようとしていた部下に呼ばれたアリステアは、咄嗟《とっさ》にその枯れ草を摘《つ》まむと、ハンカチに包んで懐《ふところ》にしまった。

あれから、アリステアのほうは仕事に進展があったらしく多忙《たぼう》を極《きわ》めていた。関係がギクシャクしてからそう日にちは経《た》っていないものの、一緒《いっしょ》にいる時間が極端《きょくたん》に減ったせいか、さらに距離《きょり》ができてしまったような気がする。

長椅子《ながいす》で本を読んでいたエメラリアも、この状況《じょうきょう》ではまともに本の内容が頭に入ってくるわけもなく、ほどなくして眠《ねむ》りこけてしまった。

眠っている間、夢を見た。

いつかのように、アリステアと睦《むつ》まじく手を繋《つな》いで歩いている夢だ。

エメラリアは、すぐに夢だと気付いたが、今はもう懐《なつ》かしい彼の穏《おだ》やかな表情に、嬉《うれ》しい気持ちが止まらなかった。どんどん切なさが募《つの》り、きゅうと胸が締《し》め付けられる。片時も離《はな》れずそばにいてくれる夢の中のアリステアに、自ら触《ふ》れて寄り添《そ》った。

どれくらいそうしていただろう。

ふいに目尻《めじり》を何かがなぞった感触《かんしょく》で、エメラリアは夢から覚めた。ふっと意識が浮上《ふじょう》すると、触れるそれが羽のように優しいことを知る。まだ夢の続きを見ているかのような錯《さっ》覚《かく》すら覚えた。

「……旦那《だんな》様……？」

霞《かすみ》がかった視界にアリステアの姿が映った。仕事から帰ってきていたらしい。

「こんなところで寝《ね》ていたら風邪《かぜ》を引くぞ」

いつもと変わらない声。けれど、その表情は少し歪《ゆが》んでいるように思えて、エメラリアは寝起きで曇《くも》っている視界を瞬《また》かせた。

「え……」

ただの瞬きのつもりが、頰《ほお》の上をはらはらと冷たいものが滑《すべ》り落ちていく。それが涙《なみだ》だと理解するまで時間はかからなかった。

(こんなところで泣いては駄目《だめ》……!)

またアリステアに幻滅《げんめつ》されてしまう。エメラリアは慌《あわ》てて口実を探した。

「あ、あの、これはちょっと本の主人公に感情移入してしまって……」

国の歴史が淡々《たんたん》と書かれている本を隠《かく》すように両手で持ち、急いで立ち上がる。

とにかく場をやり過ごしたい一心だった。当然、自分の足下《あしもと》まで気が回るはずもない。

エメラリアは後ずさった拍子《ひょうし》に、踵《かかと》を長椅子の足に引っかけてしまった。

「きゃっ!」

「危ない!」

衝撃《しょうげき》に備えるように身を硬《かた》くしたエメラリアをアリステアが抱《だ》く。庇《かば》われるようにして、一緒に絨毯《じゅうたん》へ倒《たお》れ込んだ。

「——っく、……エメラリア、大丈夫《だいじょうぶ》か?　どこもぶつけてないか?」

「……はい。大丈夫です……」

咄嗟に閉じた目を開くと、アリステアの腕が頭の下にあった。押し倒されたような体勢に近く、彼の顔がずいぶんそばにあってびっくりはしたが、安堵《あんど》のほうが大きい。

「ありがとうございます……」

アリステアの腕の中にいると安心する。その気持ちが自然と顔に出た。

「──っ！」

その直後、アリステアが息を呑《の》み、飛び退《の》くようにエメラリアから離れた。

（……どうして？）

エメラリアは泣きたくなった。その理由は彼が離れたからではない。

中途半端《ちゅうとはんぱ》な体勢からのろのろと起き上がり、アリステアを見据《みす》える。

（また、感じる……）

彼の周囲に黒く渦巻《うずま》いた靄《もや》が漂《ただよ》っていた。

倒れてすぐにはなかったはずなのに、なぜあのタイミングで靄が生まれたのか、エメラリアには訳がわからなかった。

「私のことがお嫌《きら》いですか？」──気になっているなら、そう素直《すなお》に聞けばいい。いつもの自分なら、秘《ひ》めることなく口にすることができただろう。

だが、今回それを尋《たず》ねるにはとても勇気がいった。

これ以上、言葉でも拒絶《きょぜつ》されてしまったら、今度こそ冷静でいられる自信がない。

エメラリアは、落としてしまった本を震《ふる》える手で拾い上げた。

「あの、本当に申し訳ございませんでした……私、今日は疲《つか》れてしまったので、先に休みますね」

俯《うつむ》いたエメラリアはアリステアの制止も聞かず、逃《に》げるようにベッドへ潜《もぐ》り込んだ。

「近頃《ちかごろ》ずっと元気ないわね？」

ミルシェの唐突《とうとつ》な質問に、エメラリアは心臓を跳《は》ねさせた。

「え……いえ、そんなこと」

「あるわよ。ねぇ、シシィ？」

思わず口ごもると、答える前に言い切られる。彼女の膝《ひざ》の上で、エメラリアのプレゼントしたぬいぐるみとじゃれていたシシィは、不思議そうに丸い瞳《ひとみ》を向けた。

（せめてミルシェ様の前だけは、元気でいようって決めてたのに）

必死の努力も虚《むな》しく、落ち込んでいることをあっさり見破られ、エメラリアは肩《かた》を落とした。ミルシェになんと伝えるべきか、外の景色に視線を彷徨《さまよ》わせる。

少し前から、エメラリアたちは孔雀《くじゃく》宮ではなく、王宮の客室で過ごしていた。アリステアからなるべく部屋から出るなと指示されたからだ。聞けば、ミルシェも国王の命令で孔雀宮を離れているらしい。きっとそこには共通の理由があるのだろうが、やはりエメラリアにはわからなかった。

客室の大きなガラス張りの窓から差す光は、この時季らしく麗《うら》らかで暖かい。けれど、気持ちが沈《しず》んでいるエメラリアには少々眩《まぶ》しくもあった。

「アルジェント侯爵《こうしゃく》と喧嘩《けんか》でもしたの？」

エメラリアの考えがまとまらないうちに、ミルシェが核心《かくしん》をつく。

「そうですね……こんなことを王女様にお話ししていいのかわからないのですが……喧嘩に近い状況《じょうきょう》かもしれません。知らないうちに私があの方の不興を買ってしまったみたいで……」

「エメルと仲違《なかたが》いするってよっぽどね。いったい何が気に入らないのかしら？」

「理由を素直に尋ねられたらいいんですけど、なかなか難しくて……それにあの方は最近お仕事が忙《いそが》しいみたいなので、あまりご一緒する時間がないんです。ですから、私も尋ねるのをどこか諦《あきら》めてしまっているのかもしれません」

「仕事ねぇ……いるわよね。そういう人。やってることは認めないわけじゃないけど、もう少し身内を気にかけてくれてもいいと思うのよ」

エメラリアは苦笑《くしょう》した。ミルシェの考える『そういう人』が誰《だれ》なのか、エメラリアからはとてもじゃないが口が裂《さ》けても言えない。

「エメルだってもう少し欲張ってもいいと思うわ。それを許してくれない人なんて、私が蹴飛《けと》ばしてやるんだから！」

「け、蹴飛ば……!?」

王女の物騒《ぶっそう》な物言いに声が裏返った。気が強い彼女の場合、本気でやり兼《か》ねない。

「ミ、ミルシェ様がそこまでなさらなくても大丈夫です。気にしてないと言ったら嘘《うそ》になりますが、本当に些細《ささい》な揉《も》め事ですから。もう少し時間が経《た》てば解決すると思います」

（きっと、私はあの能力のせいで敏感《びんかん》になってるだけ……だから、大丈夫……）

エメラリアは自分にそう言い聞かせる。

「あら、そうなの？　そんなに深刻なことじゃないなら、これ以上私は首を突《つ》っ込まないけど……」

「はい。ご心配をおかけして申し訳ございません」

ミルシェはまだ納得《なっとく》していない様子だったが、エメラリアがもう話す気がないことを悟《さと》ったのか、深く追及《ついきゅう》してくることはなかった。

「それにしても……」

サクッとお茶請《ちゃう》けのケーキにフォークを刺《さ》したミルシェが、じっとエメラリアを見る。

「どうかいたしましたか？」

「エメルって、あのヴィオって騎士《きし》と兄妹《きょうだい》なのよね？」

「え？　はい。そうですが」

急に兄の話になり、エメラリアは目を瞬かせる。

「この前、エメルたちが出かけた日にも庭で会ったのよ。見た目がそっくりなのは知っていたけど、性格は全然違《ちが》うのね。明るいというか、愉快《ゆかい》というか」

　ぱくっとケーキを頬張《ほおば》るミルシェの向かいで、エメラリアは青ざめた。

（まさかお兄様、ミルシェ様に変なこと教えてないわよね……？）

「あ、あの、私の兄は何を？」

「孔雀宮《うちゅうぐう》で大したことはしてないわよ。彼、隣《となり》の瑠璃鶇宮《るりつぐみ》から出てきたの。見つかっちゃいけなかったみたいで、内緒《ないしょ》にしてって私と侍女《じじょ》たちにお願いして、私のおしゃべりに少し付き合ってくれただけよ。いろいろ教えてくれて楽しかったわ」

「私のいない間にそんなことが……」

　内緒にしてと、お願いされたことをすんなり話しているミルシェのことはさておき、あの兄を思うと、まともなことを教えているのか不安が過《よぎ》る。

「こっちになんの用があったかは知らないけど、お父様の騎士と話せる機会なんてあんまりないから、侍女たちも珍《めずら》しく色めき立って、すごく賑《にぎ》やかだったのよ」

「よく調査などで外にはでかけるそうですが、普段《ふだん》は王宮が仕事場ですからね」

　そのときもきっと仕事の都合でこちらまでやって来たのだろう。もしかしたら、香水《こうすい》事件の捜査《そうさ》だったのかもしれない。

（瑠璃鶇宮から出てきたってことは、フェンリート様に用があったのかしら……）

　エメラリアは一度だけ会ったことのある、不思議な王子のことを思い出す。

柱廊《コロネード》に差す光を受けた彼は、エメラリアには眩しく映った。それはほんのわずかな時間だったが、鮮明《せんめい》に、印象深く残っている。

今思えば、あの感覚には少し既視感《きしかん》があった。

(こう……胸の奥がざわざわして、相手の方から目が離《はな》せなくなって……)

エメラリアが自分の胸に手を当てる。

「——?」

そうすると、どういう訳か、本当に胸がざわざわと音を立て始めた。静かに少しずつ血が滾《たぎ》っていくような。

ある種の嫌《いや》な予感、とでも表現すればいいのか、ともすれば不快ともいえるような感覚に、エメラリアは眉《まゆ》を寄せた。

何かよくないことが起ころうとしている——そう思った瞬間《しゅんかん》、それは突然《とつぜん》襲《おそ》った。

「うっ」

ビリッ——と身体《からだ》を痛いくらいの寒気が駆《か》け抜《ぬ》け、息をつく間もなく、激しい頭痛と耳鳴りが始まったのだ。

(な、何……?)

耳元で鳴る音は、まるで金属が擦《こす》れ合うようなひどい音だった。

(苦しい……気持ち悪い……!)

エメラリアはたまらず椅子《いす》から床《ゆか》に転げ落ちた。

「エメル⁉」

異変に驚《おどろ》いたミルシェが、透《す》かさず床《ゆか》にうずくまったエメラリアに駆け寄る。

「ねぇ⁉　どうしたの⁉」

「うっ……くぅっ……」

「どこか痛むの⁉　苦しいの⁉」

事態を把握《はあく》できないまま、エメラリアは身体を丸め、耳を塞《ふさ》いだ。とにかく頭の中で鳴り続ける激しい音をどうにかしたかった。なのに、ミルシェや侍女たちの声がくぐもって聞こえるばかりで、肝心の耳鳴りは変わらずエメラリアを苛《さいな》む。

「はッ、はぁっ……」

鼓動《こどう》が徐々《じょじょ》に速まり、まともに息ができなくなった。握《にぎ》りしめた手や額に脂汗《あぶらあせ》が滲《にじ》む。

(目が、かす、む…………くるしい……)

強くなるばかりの苦しさに、防衛本能が身体を守ろうとしているのだろうか。今にも断《た》ち切れてしまいそうな意識の中、震《ふる》える小さな手がエメラリアの強張《こわば》った腕《うで》を摑《つか》んだ。

「エメル……やだ……やだぁ……」

重い頭をもたげると、泣いているミルシェが目に入った。ぼろぼろと大粒《おおつぶ》の涙《なみだ》を次から次へと零《こぼ》し続けている。病で母親を亡《な》くしているミルシェにとって、今のエメラリアの状《じょう》況《きょう》は、思い出したくない記憶《きおく》を蘇《よみがえ》らせてしまったのかもしれない。

（ミルシェさま……しんぱい、させちゃ……）

エメラリアは残っている力を振《ふ》り絞《しぼ》り、精いっぱいミルシェに微笑《ほほえ》みかけた。

「私は、大丈夫《だいじょうぶ》です」――そう、エメラリアは伝えたかった。

しかし無情にも、そんな虚栄《きょえい》を張ることさえさせてくれなかった。

扉《とびら》が勢いよく開く。

「あ――ッ!?」

バンッ!! と、けたたましい衝撃《しょうげき》音を立てたのは扉だったはずだ。なのに、同時にエメラリアの身体が揺《ゆ》さぶられる。滾った熱湯へ投げ込まれたかのように、全身がカッと熱くなった。耳鳴りや動悸《どうき》だけでも苦しくてどうにかなってしまいそうなのに、熱はつらい身体をさらに締《し》め上げる。

「うぁっ！　はっ……はぁっ……」

「エメル！　すぐに、……すぐにお医者さまがくるから……だから、それまでがんばって、エメル……お願い……」

苦痛に悶《もだ》えるエメラリアに寄り添《そ》うミルシェの後ろで、カツン、と靴音《くつおと》が鳴った。

響く音は、ふたつ。

そのうちのひとつを鳴らした人物が、にこりと怖《こわ》いくらいの笑《え》みを浮《う》かべた。

「大丈夫。医者は必要ないよ」

【第六章】誰よりも綺麗な人

――私は、母の顔を知らない。

――私は、父に笑いかけてもらったことがない。

――私は、兄と喧嘩《けんか》をしたことがない。

――私は、誰《だれ》の特別にもなれない。


これが私の世界の普通。物心が付いたときからそうだった。

単なる好奇心《こうきしん》なのか、昔誰かに「寂《さび》しくないのか」と問われたことがあるが、そもそも「寂しい」が私には理解できなかった。

感情の一種で、一説によると満ちた状態が欠けることで生まれるものらしい。

だったら私は「寂しい」ではないのだろう。初めから、何も満ちていないのだから。

あるとき、私は祖父と名乗る人物と出会った。そして、そこで初めて愛情というものがなんなのかを知った気がした。

彼は平等だった。私にも兄にも変わらない態度で接した。

なぜか、私はそれが嫌だった。

理由は簡単だった。彼に自分だけを見てほしかったのだ。けれど、彼ではその願いが叶《かな》わないこともすぐにわかった。もっと言えば、王宮にいる人間では駄目《だめ》なのだ。

もっと自由に。私と、私を愛してくれる誰かひとり。

ふたりだけなら、誰かに奪《うば》われることもないだろう。

だからこそ、祖父からその話を聞いたとき、運命だと思った。


「お祖父様《じいさま》がおっしゃっていたことは正しかった……！」

それは、孔雀《くじやく》宮が騒然《そうぜん》とする少し前のこと。

レシュッドマリー王国第二王子、フェンリートは歓喜《かんき》していた。

手の中には、彼が子どもの頃《ころ》に祖父からもらった絵本がある。今は亡き祖父の手作りで、この世にふたつとない品だった。

絵本は、この歳《とし》になるまで幾度《いくど》となく読み返した結果、表紙は色褪《いろあ》せ、背表紙は剝《は》がれ、支えをなくしたページはばらばらになった。その度《たび》に直しては、大切に大切にしてきた絵本だ。抜けているページなど一ページもなかった。

内容は白亜《はくあ》の王宮に住む精霊《せいれい》の話。

祖父は語った。

これは作り話などではなく、本当の話なのだと。

内緒話《ないしょばなし》をするように、ふたりの孫にこっそりそう教えてくれたのだ。

「この王宮に棲《す》む精霊はね、困っている者にその叡智《えいち》を貸してくださるんだよ。一緒に話を聞いていた兄は、まったくその話を信じていなかったようだけれど、私は違《ちが》う」

フェンリートは叶えたい願いのため、ずっと精霊を待っていた。

だが、絵本にも記されていた通り、彼らは簡単には姿を現してはくれなかった。

祖父が亡くなった年、フェンリートは待つことをやめた。

瑠璃鶇《るりつぐみ》宮に閉じこもり、精霊、魔法《まほう》とつく本を片っ端《ぱし》から一心不乱に読み漁《あさ》るようになった。

待っていても来てくれない。ならば、探し出してみせる。そう新たに決意して。

そのせいで変な目で見られようとも、人々が遠ざかろうとも、どうでもよかった。

フェンリートにとって、周囲の人間は道端《みちばた》に生えた名前も知らない雑草と一緒だった。

焦《こ》がれているのは、その奥で咲《さ》き誇《ほこ》る、美しく気高い花ひとつだけ。

フェンリートは、日に日に精霊に傾倒《けいとう》していった。精力のすべてを費《つい》やし、悲願のために生きてきた。

「でも、それも今日で終わる」

窓の外から、暖かで優《やさ》しい風が吹《ふ》く。白いカーテンが軽《かろ》やかに揺れるのを、フェンリートはとても穏《おだ》やかな表情で眺《なが》めた。

やっと、努力が実る。

一人で積み重ねてきた——いや、正確には途中《とちゅう》から手伝ってくれる物好きもいたが。

フェンリートは後ろを振り向いた。

「君を見込んで本当に正解だった。多才な上、王宮の外にそこそこ優秀《ゆうしゅう》な人脈を持っていたことも。今まで私の願いのために手を尽《つ》くしてくれて心から感謝しているよ」

そう礼をして、たおやかな笑顔を向けた。

「…………」

扉の陰《かげ》に立つ使用人が無表情のまま頭《こうべ》を垂れる。

「さぁ、一緒に私の精霊を迎《むか》えに行こうか」

ヴィオが倒《たお》れた。

報告を聞いてアリステアは急いで医務室に向かう途中だった。香水《こうすい》事件の報告をしに、国王に謁見《えっけん》した帰りのことだ。手には勅命《ちょくめい》の記された書状があった。

わざわざ国王に報告したのは他《ほか》でもない。

彼の息子《むすこ》フェンリートが犯人だと裏付けられたからだ。勅命にははっきりと、フェンリートを捕《と》らえるよう、父である国王の文字で綴《つづ》られている。

もうあとは決着をつけるだけ――そんな矢先のことだった。

アリステアは、無意識に険しい表情になっていた。ピリピリとした空気を隠《かく》そうともしない姿は珍《めずら》しく、王宮で働く者たちはすれ違いざま、その勢いに気圧《けお》されるように通路の左右に散る。

医務室の扉を開くと、薬品の独特な臭《にお》いが鼻を突《つ》いた。

ヴィオはベッドにおり、気配を察した様子で瞼《まぶた》を開く。

「ああ、アリスか」

「大丈夫《だいじょうぶ》か？」

「そうだね……本調子じゃないけど、少し休んだおかげで楽になった」

ヴィオは余裕《よゆう》を見せるが顔色はまだ悪かった。

アリステアは声量を落として問いかける。

「まさか、エメラリアと同じ症状《しょうじょう》が出たのか？」

「いや、条件が違う……たぶん、原因はアリスじゃない」

まるで他に原因があるように言うヴィオに、表情を硬《かた》くする。

「これは憶測《おくそく》なんだけど、たぶん俺の体調不良はフェンリート殿下《でんか》が原因だと思う。ずっとなんともなかったのに、突然《とつぜん》だよ。立ってられなくなるほど苦しくなってさ。あとはもう捕《つか》まえるだけだってときに、何かやらかしてくれちゃったみたい」

ヴィオが苦しさをまぎらわすように、深く息を吐《は》き、後悔《こうかい》したように言う。

「やっぱり、あのことアリスに報告すべきだったのか」

「あのこと？　それは、ウェリタス家の能力に関係することか？」

今回の事件をウェリタス家も調査することになってから、アリステアは何度かヴィオの報告を聞いていた。だが、フェンリートがあやしいだなんて話は一度だってなかった。やっとフェンリートにお目通りが叶った日にだって、ヴィオは普通にしていたはずだ。

アリステアが訝《いぶか》しげにすれば、ヴィオは薄《うす》い笑《え》みを浮《う》かべる。

「フェンリート殿下のことはずっと無害だと思ってたからね……俺たちが危険視するような暗い感情は少しも視《み》えなかったから。……でも、案外その逆も危ないのかもしれないって、今回のことでわかった」

「逆……？」

「そう。俺たちがいくら感覚を研《と》ぎ澄《す》ませても、いつだって負の感情が微塵《みじん》も感じられなかったんだよ。こんなこと初めてなのに。もっと早くにおかしいって気付くべきだった」

悔《くや》しいけどこれはうちの失態だと、ヴィオは拳《こぶし》を握《にぎ》りしめる。

アリステアは、これから戦わなければならない相手の異様さに緊張《きんちょう》が高まる中、その事実にはどこか納得《なっとく》していた。

実際フェンリートの心理には気になることが多かった。特に、香水を作らせた目的については、依然《いぜん》としてわからず終《じま》いだ。

いったいどんな思いが、フェンリートを突《つ》き動かしているというのだろう。

「……ん？　なん、だ……？」

「ヴィオ？」

大人しく仰向《あおむ》けで横になっていたヴィオが、急に上半身を起き上がらせる。アリステアの問いかけには答えず、眉間《みけん》に皺《しわ》を寄せてじっと黙《だま》った。その正体を探《さぐ》るように、窓の向こうを凝視《ぎょうし》している。

経験で養った勘《かん》か、その様子にアリステアもただごとではないことを察した。

「――っ、来るッ！」

そして、そうヴィオが叫《さけ》んだ瞬間《しゅんかん》、それは大気を劈《つんざ》いて襲《おそ》いかかってきた。

激しい轟音《ごうおん》を纏《まと》って、大地が打ち震《ふる》える。

「これはっ……!?」

瞬《また》く間に部屋中が混乱に陥《おちい》った。

何事かと人々が叫ぶ。震動《しんどう》で医療《いりょう》器具や、机にあった物が放《ほう》られるように床《ゆか》に散らばれる。

り、天井《てんじょう》に吊《つ》るされたシャンデリアは、すぐにでも落下してきそうなほど騒音《そうおん》を立てて揺《ゆ》

アリステアは、パニックになった人たちに急いで指示を飛ばし、通路へ逃《に》がした。その直後、棚《たな》のひとつが床へ倒れて、耳障《みみざわ》りな音を響《ひび》かせる。

揺れは、それでも幸いなことに少しずつ収束していった。部屋の中は取り散らかった状態だが、ひとまず怪我《けが》人は見当たらないことにアリステアは安堵《あんど》する。

「アリス！　あっちの方角！」

バルコニーへ通じる扉《とびら》の前にいたヴィオが叫んだ。開かれた扉の先へ飛び出す。アリステアも急いであとを追った。

「あれはなんだ……!?」

アリステアとヴィオは、その光景に言葉を失う。

広い庭園の先に、とてつもなく巨大《きょだい》な樹《き》が塔《とう》のようにそびえ立っていたのだ。

巨木《きょぼく》は、四方八方に樹枝を伸《の》ばし、葉を茂《しげ》らせ、空を覆《おお》い隠さんばかりの存在感を放っている。ここからでもその圧倒《あっとう》的な姿は、身震《みぶる》いするほど異常だった。

「間違《まちが》いない。あれは銀提樹《テイリス》だ……」

「銀提樹《テイリス》!?」

ヴィオが絞《しぼ》り出した台詞《せりふ》に、アリステアは耳を疑いたくなった。

アリステアに銀提樹《ティイリス》のことを教えたのは他でもない、エメラリアだ。自分たちには、銀提樹《ティイリス》の古代精霊《せいれい》の血が流れていると、彼女は間違いなくそう言った。

そして、その巨木が佇《たたず》む場所にもともとあった建物は——瑠璃鶫宮《るりつぐみ》。

(まさか……)

嫌《いや》な予感がする。

一度こびり付いた考えは、振《ふ》り払《はら》おうとしてもまとわりついて離《はな》れず、心臓が痛いくらいに拍動《はくどう》する。

そのとき、急に廊下《ろうか》が騒《さわ》がしくなった。騒然《そうぜん》とした部屋に、何かが転がるように入ってくる。

「王女殿下⁉」

ヴィオが声を上げた。アリステアも驚《おどろ》いて、急いで彼女に駆《か》け寄った。

「ミルシェ様！　どうしてこちらに……！　いったい何があったんですか⁉」

ミルシェは全力でここまで走ってきたのかひどく息を乱していた。きれいに結《ゆ》われていたであろう髪《かみ》も立派なドレスも大変なことになっている。

「はぁっ、はぁっ……ア……アル、ジェント侯爵《こうしゃく》……」

苦しげなミルシェは、それでも腕《うで》を伸ばし駆け寄ってきたアリステアの団服を摑《つか》む。汗《あせ》と涙《なみだ》で濡《ぬ》れた顔を上げて叫んだ。

「お願い！　エメルを助けて！」

その人物――フェンリートがエメラリアたちの前に現れたのは突然だった。

うずくまるエメラリアに寄り添《そ》うミルシェが震えた声でフェンリートを呼ぶ。

「お、お兄様、どうして……」

「おや？　小鳥姫《ひめ》も一緒《いっしょ》だったのか。久しぶり、元気にしていた？」

場の空気などものともしない態度に、ミルシェは恐怖《きょうふ》で身体《からだ》を縮こまらせた。

フェンリートは妹に一度は微笑《ほほえ》むが、はじめから眼中にはなかったのだろう。早々に目線を逸《そ》らし、隣《となり》にいるエメラリアを認める。

「にわかには信じがたかったけど、まさか人にまぎれてるなんてね。盲点《もうてん》だった。どうりで見つからないわけだ。……でも、ああ、そうだね。あれがやっと身体に馴染《なじ》んだおかげかな。君のことが手に取るようにわかる」

ゆっくりと、実に嬉《うれ》しそうにフェンリートは目を細めた。そうなると、もう彼はエメラリア以外を瞳《ひとみ》に映すことはしない。当惑《とうわく》する部屋の主人たちを無視したまま、フェンリートと、後ろで影《かげ》のように控《ひか》えた使用人だけが異質だった。

「かわいそうに。こんなに弱ってしまって。今、楽にしてあげよう」

フェンリートは、エメラリアの顎《あご》をその長い指で掬《すく》った。


エメラリアの視界は突然《とつぜん》開けた。

「あっ……」

霞《かす》む視線の先に、いるはずのない人物が映り、招かれざる客の存在を知る。

(フェン、リート……さま……？　どうして……？)

なぜ彼がここにいるのか、エメラリアには理解できなかった。

ただ、彼の発する声は他《ほか》の人たちとは違い、耳に、もっと奥深くに、よく響く。水面に落ちた水滴《すいてき》が波紋《はもん》を作るように全身を駆け巡《めぐ》る。

この感覚には覚えがあった。自分が経験したものよりずっと荒々《あらあら》しい力だが間違いはない。身を任せては危険だと警鐘《けいしょう》を鳴らす。

「や、めて……くださ……」

エメラリアは顔を背《そむ》け、力の入らない腕で精いっぱいフェンリートを押し返した。

水面に垂れる水滴は純粋《じゅんすい》な水ではなく、毒。

「お兄様、やめて！　エメルが嫌がっているわ……！」

「大丈夫《だいじょうぶ》。何も心配いらないよ、小鳥姫。私はただこの子を自由にしてあげたいだけさ」

ずっとそばにいるミルシェもフェンリートを止めるが、彼は引かなかった。

「君だって、こんなものを着けているんだ。それを望んでいるのだろう？」

さらに距離《きょり》を詰《つ》めたフェンリートが、エメラリアの胸に着いたブローチを撫《な》でる。

「青い鳥は自由の鳥。これを選ぶなんて、やはり君は素敵《すてき》だ」

「わたし……ちがい、ます……」

エメラリアが望んだ自由は、こんな恐《おそ》ろしいことではない。

「違わないさ。私が、この鳥のように解き放ってあげよう」

「やめっ……！」

先程《さきほど》よりも強く顎を摑まれ、無理矢理《むりやり》上を向かされる。ガンガンとひどい頭痛が押し寄せ、額に汗が滲《にじ》んだ。

「君が苦しいのは、私の力に反応して肥大化した精霊の血と、対等でなくなった人の血が、それに抵抗《ていこう》しているからだ。私と波長が合うようになれば、体調もすぐに治る」

（せいれい……にんげん……？　どうして、フェンリートさまが、しってるの……？）

身体がばらばらになりそうなほどの苦痛で、思考がどんどん鈍《にぶ》っていく。

（たすけて……こわい……）

自分がどうなってしまうのか、わからない恐怖に助けを求める。

(だんなさま……アリステア、さま……)

すがるように、力の入らない手でドレスを掴んだ。

だが、その切願も途中《とちゅう》でひたりと止まる。

——彼は、助けに来てくれるだろうか。

嫌《きら》われてしまったかもしれないという疑念が、悪いほうへ思考を引っ張った。

(ううん……きっと、きてくださる……だって)

それが彼の仕事だ。国王が命じれば、それを遂行《すいこう》するのが彼の仕事だ。

たとえ心の内では、エメラリアを見放したとしても……。

なのに、それが嫌だと感じるのはなぜなのだろう。義務や命令で助けに来てほしくないと思ってしまうのは。こんなくだらないわがままを言ったって、今さらどうにもならないのに。

(だんなさま……)

「た、すけ、て……」

はくはくと、息も絶え絶えに唇《くちびる》が動く。睫毛《まつげ》を震《ふる》わせながら瞼《まぶた》を閉じた。

もう限界だった。

「ああ、もちろん。君のことは私が助ける。――さぁ、精霊の血にすべてを任せて。君は人を捨てるんだ。いいね？」

瞼の向こうで、誰《だれ》かがそう言う。

この苦しみから解放されるなら、言う通りにしようと思った――否《いな》、命令に従えと、自分の中の何かがエメラリアを抑《おさ》えつけようとしていた。

（ひとを……すてる……ひとを……）

やがて洗脳されたようにそう繰《く》り返すようになれば、意識が遠のいていく。

ずぷり、ずぷり、と少しずつ自分が底なしの闇《やみ》に沈《しず》んでいくような感覚。

身体の痛みも、エメラリアがアリステアに抱《いだ》いている不安も、全部呑《の》まれていく。

身体や心が楽になるにつれ、闇への恐怖が薄《うす》くなる。

もとより、エメラリアにはもう抗《あらが》う力など残っていなかった。闇の侵蝕《しんしょく》を受け入れる以外の選択肢《せんたくし》はなく、ついに、とぷん、と音を立てて暗闇はすべてを呑み込んだ。

【第七章】

銀提樹《ティリス》の塔と黄金の花

間近で見た銀提樹《ティリス》は、想像を絶するほどおぞましい気を放っていた。

瑠璃鶫《るりつぐみ》宮を守る檻《おり》。

禍々《まがまが》しい姿は、そうたとえるに相応《ふさわ》しい。

遠くからはわからなかったが、一本の樹《き》だと思っていたそれは、実際には瑠璃鶫宮を囲うように生えた数本の銀提樹《ティリス》が、複雑に絡《から》み合った姿だった。

銀提樹《ティリス》には、幹や樹枝から根——気根を出す習性がある。まるで、腕《うで》から腕が生えるかのように垂れ下がった無数の太い気根が、大地へ突《つ》き刺《さ》さっていた。きれいに手入れされていた庭は、見る影もない。無慈悲《むじひ》なまでに破壊《はかい》され、雑然とした姿と化していた。

アリステアは離宮《りきゅう》へと急ぐ途中で空を仰《あお》ぎ見る。昼間だというのに、暗雲が垂れ込めているようにまっ暗だった。両腕を広げるという表現がしっくりくるほど、樹枝が真横に広がっているからだろう。そこにびっしりと息づいた葉が、空を覆《おお》っているのだ。

近付くほどに不安が煽《あお》られる。焦《あせ》りを感ぜずにはいられなかった。それでも冷静さを欠かないよう自分自身を戒《いまし》め、やっとの思いで塔の前に辿《たど》り着く。

標的の男は塔の真下にいた。アリステアが一番会いたかったエメラリアの肩《かた》を抱いて。

「フェンリート殿下《でんか》！」

真っ先にエメラリアの名前を叫《さけ》びたい衝動《しょうどう》を堪《こら》え、アリステアは一定の距離を保ち立ち止まった。その後に続く部下たちも同じように倣《なら》う。

こちらに気が付いたフェンリートが振《ふ》り返った。エメラリアも一緒に振り向いたが、怯《おび》えも悲しみもせず、ただ生気のない瞳を向けただけだった。

（エメラリア……ッ！）

悪い予感は当たってしまった。

今のエメラリアは、フェンリートの愛《いと》し子としての能力が影響《えいきょう》していると見て間違《まちが》いなかった。奴《やつ》がこんなに大規模な魔法《まほう》を使えるのも、彼女の精霊《せいれい》の力を利用しているからだ。魔法の形が、銀提樹《ティリス》として現れるのが何よりの証拠《しょうこ》だ。

そのエメラリアは、いったいどれほど残酷《ざんこく》な命令を浴びせられたのか。精霊という道具にも等しい姿に心臓を抉《えぐ》られる。アリステアは、悔《く》やみきれないほどの後悔《こうかい》と怒《いか》りで歯を食いしばった。

「君たちは、誰？」

「俺たちは王命により、フェンリート殿下、あなたを捕《と》らえに来た者だ。あなたには、リザドールで違法《いほう》な研究を行わせ、完成した禁薬の所持、使用。および、王女殿下のコンパニオンを拉致《らち》した容疑がかかっている。大人しく投降するんだ」

「ああ……なるほど。あれはやはりいけないことだったのか。仕方ない。少し予定はずれるが、罪は償《つぐな》わないとかな。手を煩《わずら》わせるような真似《まね》をしてすまなかったね」

穏《おだ》やかなフェンリートの謝罪に、戦闘《せんとう》を覚悟《かくご》していたアリステアたちは拍子抜《ひょうしぬ》けした。

「……投降するのか？」

「するよ。私も無駄《むだ》な争いは好かないしね」

こちらも無駄に血を流したいわけではないが、フェンリートの返答は正直想定外だった。

（本心なのか……？）

アリステアはフェンリートの表情や仕草から真意を探《さぐ》った。

彼は己《おのれ》の悪事がバレたにもかかわらず、あり得ないくらい落ち着き払《はら》っていた。表情も、まるで友人との会話を楽しんでいるかのように悠々《ゆうゆう》としている。

何を考えているのかまったくわからない。気味が悪いとすら思ってしまう。

「ああ、でもひとつお願いがあるんだ」

「……なんだ？」

「彼女を私のもとに残してもらえるよう、取り計らってくれないか？」

「……何？」

アリステアは信じがたいその申し出に、声を低くして聞き返した。

つまり、フェンリートはエメラリアを手放す気がないということだ。

「そんなことが許されるわけないだろう」

「なぜ？　罪は償うよ？　その分、他《ほか》の罪が重くなっても構わない。彼女がそばにいてくれるなら、牢獄《ろうごく》に閉じ込められたっていい」

「そういう問題じゃない。そもそも彼女には、家族が――夫がいる。許すわけがない」

「夫……？　ああ、君たち俗界《ぞっかい》の人間が交《か》わす契《ちぎ》りのことか。だが、あれはただ紙切れにサインして成立するだけの関係だろう？　それにどんな意味があるのか、私にはわからない。そんな不確かなものと比べたら、愛し子と精霊である私たちの結び付きのほうが、ずっと強い」

フェンリートはエメラリアの肩を抱《だ》いていた手を腰《こし》に回し、自身のほうへ引き寄せた。

「お前――っ！」

アリステアは剣《けん》に手をかけ、一歩踏《ふ》み出した。今すぐその腕を振り払って夫は自分だと教えてやりたかった。

だが、先に手向かったのはアリステアではなかった。

「あんた……さっきから聞いてれば、本当に自分のことしか考えてないね。愛し子だって言ったって、あんたは紛《まが》い物にすぎないだろう……ホンットに、最強に趣味《しゅみ》の悪いね！」

吐《は》き捨てるように声を上げたのは、アリステアに並ぶように立ったヴィオだった。

他の仲間からは見えない彼の顔は、ひどく汗《あせ》ばんでいた。荒《あら》い息も絶えず口から漏《も》れている。部屋にいたときより明らかに体調が悪化していた。

「あんた、その身体《からだ》に何したんだよ……この間までと全然違うじゃん……こんなに拒否《きょひ》反応が出るなんて聞いてないんだけど……!?」

呼吸を荒くしながらヴィオが叫ぶ。やはり彼の体調不良はフェンリートが影響していたのだ。エメラリア同様、ウェリタス家の薬を飲んでいるにもかかわらず、まるで歯が立っていない。

フェンリートは、試験管の中身を少し浴びたアリステアなどより、ずっと強力な力を手に入れていた。

「ふむ……最近やったことといえば、君たちも知っている例の香水《こうすい》を飲み干したことくらいかな？　あの香水は香《かお》りが独特だろう？　最初は茶葉に染《し》み込ませて飲んでいたんだけど、なかなか身体に馴染《なじ》まなくてね。少しばかり強い香りは問題だったけれど……挑戦《ちょうせん》してみて正解だった」

「なっ……」

あれを飲んだという台詞《せりふ》にアリステアとヴィオは絶句した。

香水は飲みものじゃないだろ、と顔を引きつらせたヴィオが呟《つぶや》く。

「ふふ、味はご想像にお任せするよ……しかし……」

微笑するフェンリートは、ヴィオを上から下まで眺《なが》めた。

「拒否反応か……確かに君、調子が悪そうだね？　それにその外見の特徴《とくちょう》……もしかして君はこの子と同族かな？」

「……そうだって言ったら、あんたが今抱いている俺の妹からは手を引いてくれる？」

あっさり正体を明かしたヴィオが、アリステアを一瞥《いちべつ》する。

（身代わりになるつもりか……！）

フェンリートがエメラリアを手放す気がない以上、まずは人質《ひとじち》でもある彼女を引き離《はな》すことが先決だ。もし、この提案を受け入れてもらえさえすれば、抵抗《ていこう》される前にカタをつけられるチャンスもある。

「妹を助けたいから自分が代わりに、ということか。いいね。嫌《きら》いじゃないよ」

フェンリートはヴィオの提案に好意的な姿勢を見せた。──しかし。

「でも、答えは否《いな》だ」

「なぜだ……!?」

「なぜって、私が彼女を気に入っているからさ」

フェンリートは、エメラリアの胸で光る青い鳥のブローチを愛おしそうに撫《な》でた。

「私は彼女を擲《なげう》つつもりはない。決して！　それでも君たちが歯向かうなら──」

フェンリートはその長く妖美《ようび》な指を天に掲《かか》げ、迷いなくこう宣言した。

「――私は抗《あらが》うよ？」

（まずいッ！）

アリステアは、弾《はじ》かれたように振り返った。

「総員！　戦闘に備えろ！」

そう叫んだ瞬間《しゅんかん》、地面の至るところから何か長い物体が勢いよく突き出てきた。蛇《へび》のようにぐにゃりと曲がり、騎士《きし》たちに狙《ねら》いを定め襲《おそ》いかかってくる。

アリステアは素早《すばや》く剣を引き抜《ぬ》き、襲いかかってきたそれを一刀両断した。落ちた塊《かたまり》は樹《き》の根だった。

「団長、これは……！」

攻撃《こうげき》を避《よ》けるように飛び退《すさ》った部下のひとりが、戸惑《とまど》いの声を上げる。それもそのはず。この樹の根は、切り落としても瞬《また》く間に地面から新たな根を生やし攻撃を仕掛《しか》けてきた。

「無駄に体力を消耗《しょうもう》するような戦い方は避《さ》けろ！　これは術者の魔力《まりょく》が尽《つ》きるか、意識を絶たない限りほぼ無限に復活する！」

仲間に指示を出したアリステアは迫《せま》り来る根を巧《たく》みに避け、首に下げていた特別な笛を吹《ふ》く。

ヒュー、という澄《す》んだ音色は瑠璃鶫宮《るりつぐみ》を駆《か》け巡《めぐ》った。間髪《かんはつ》を容《い》れずに、瑠璃鶫宮を囲むように、巨大《きょだい》な半円状の青い壁《かべ》が出現する。離宮《りきゅう》の外にいた魔法使いたちが戦いに備え、防壁《ぼうへき》を張ったのだ。笛はその合図だった。

「これは」

さすがに動揺《どうよう》したのか、フェンリートが空を見上げ、攻撃が止《や》む。

「騎士団長！」

その隙《すき》にローブを纏《まと》った集団が飛行魔法を使い、瑠璃鶫宮の荒《あ》らされた庭へやってくる。先頭にいる魔法使いたちの筆頭がアリステアのそばへ降り立った。

「すまない。俺のせいで交渉《こうしょう》は失敗した」

今思えば、嘘《うそ》でもフェンリートの要求をのめば、奴《やつ》の隙をつけたかもしれなかった。だが、どうしても、たとえ嘘だとしても、エメラリアを誰《だれ》かに渡《わた》すだなんて口にしたくはなかった。理性を働かせたつもりが、公務と私情がぐちゃぐちゃになっている。

「仕方ありません。次の作戦にいきましょう」

だからこそ魔法使い筆頭の冷静な態度は、今のアリステアにはありがたい。

杖《つえ》を構える筆頭に、自身も剣を持ち直し、再びフェンリートを捉《とら》える。

「ああ、魔法使いがいるのか。それは少し面倒《めんどう》くさいな」

事情を察したフェンリートが、その眉《まゆ》を下げた。

「でも、君たちはどうせ、その杖がなかったらまともに魔法も使えないんだろう？　だったら、こうしてしまおうかな」

フェンリートは腕《うで》を手前にかざし、静かに呪文《じゅもん》を唱えた。

何を仕掛けてくるつもりか、魔法使いや騎士たちは身構える——が、アリステアも、おそらく筆頭もこの攻撃は予知しきれなかった。

「なッ——、これは……！」

真っ先に声を上げたのは、筆頭だ。

続いて他の魔法使いたちも次々に狼狽《うろた》え始めた。

アリステアや騎士たちも、その光景には目を疑った。

「杖が……！」

先程《さきほど》までしっかりと形を持っていた立派な杖が、しわしわと、まるで水を抜かれた植物のように萎《しな》びていったのだ。

「くっ——」

苦渋《くじゅう》の表情を浮《う》かべた筆頭が呪文を詠唱《えいしょう》するが、杖は息絶えたかのように反応しない。

「君たちの杖の材料は樹。ただ長生きなだけのね。たとえ、精霊《せいれい》の加護を得ていたとしても、私の力には敵《かな》わないよ」

フェンリートが使役《しえき》するウェリタス家《エメラリア》の先祖は、古代精霊という、数多《あまた》いる精霊たちの王に等しい存在だ。しかも、銀提樹《テイリス》という〈樹〉の。そのエメラリアから力を得ているフェンリートには、他《ほか》の樹からできた魔法道具を潰《つぶ》すことなど、さぞかし容易《たやす》いだろう。魔法使いとの相性《あいしょう》は最悪だった。

「じゃ、次はこっちからだね」

楽しげに言うフェンリートが腕を天に上げる。すると、地面から無限に生える根が、体勢を立て直す前のアリステアたちを再び襲った。

アリステアは殺気を避けるように飛び退り、攻撃してくる根を斬《き》り捨てる。

魔法使いたちも筆頭を中心にして応戦した。だが、やはり杖なしでは本領を発揮できないのか、守るのが精いっぱいのようだ。このままだと先にこちらがやられてしまう。その前に決着をつけるしかない。

アリステアは、フェンリートに単身向かっていった。

「困った人だ。君の相手は私ではないよ？」

弧《こ》を描《えが》いた口を視界に捉えた瞬間、アリステアは背後に迫る気配に身体《からだ》を捻《ひね》った。構えた剣《けん》に受け止めたものが重くのしかかり、キィィィン、と金属同士がぶつかる音が周囲に反響《はんきょう》する。

「くっ、お前っ……！」

アリステアに攻撃して来たのは、ヴィオだった。

キリキリと剣同士が擦《こす》れて耳障《みみざわ》りな音を鳴らす。力の限り押し返すと、ヴィオは飛び退《の》いた。しかし、呼吸を荒《あら》くしながらも、再び剣をその手に構える。

「はぁッ……くっ……」

「彼は私には必要ないけど、利用できるものは、利用しないとね」

「フェンリート！　あいつに何をした⁉」

「そりゃあ、あと手強《てごわ》そうなのは君だからね。始末するように命じたんだよ。精霊は愛《いと》し子の言葉に逆らえないからね」

フェンリートが微笑むと、体勢を立て直したヴィオが地を蹴《け》った。再び剣と剣が交じり合う。

「じゃあね。ここはよろしく頼《たの》むよ」

「待て！　フェンリートッ‼」

銀提樹《ティリス》に囲まれた瑠璃鵯宮へ歩き出したフェンリートに向かって大声で叫《さけ》ぶ。即座《そくざ》に追いかけようとするが、命令を忠実に守ろうとするヴィオによって阻《はば》まれた。

「やめろ、ヴィオ！」

剣は離れてはぶつかり離れてはぶつかりを繰《く》り返した。アリステアのほうが剣術は優《すぐ》れているとはいえ、本気で斬り込んでいけない分、こちらのほうがやはり不利だ。

そうしているうちに、下から伸《の》びてきた根に足を搦《から》め捕《と》られ、身体の軸《じく》がぶれる。タイミング悪く、それはちょうどヴィオが剣を振《ふ》り上げたところだった。

(避けきれない！)

アリステアは訪《おとず》れる痛みを覚悟《かくご》し、反射的に目を閉じた。

「ぐっ、ぁっ……！」

ところが、呻《うめ》き声を上げたのはアリステアではなかった。

ハッとして視界を開けば、地面に流れる鮮血《せんけつ》が真っ先に目に入る。そして、その血がどこから滴《したた》り落ちているのかも。

「ヴィオッ……！」

「……ごめん……」

アリステアの眼前には、自身の足に剣を突《つ》き立てたヴィオの姿があった。

ヴィオは崩《くず》れるように地面に膝《ひざ》を突く。

「はぁー……ダメだ……洗脳は抜け出せたけど……想像以上に、めちゃくちゃ痛い……」

「お前、そんな感想を述べている場合か！　なんでこんな……！」

どくどくと流れる血の海に手を突くヴィオに、アリステアも膝を突いた。

「だって……あのままじゃ、エメル、助けに行けないじゃん……俺は大丈夫《だいじょうぶ》。神経も外れてるし、出血ほど大した怪我《けが》じゃないから……早く行って」

真っ青な顔に、玉のような汗《あせ》を浮かべるヴィオは、先へ進むよう急《せ》き立てる。

しかし、アリステアは様々な悔根《かいこん》が頭を巡り、咄嗟《とっさ》には立ち上がれなかった。

「……なんで行かないのさ……言っとくけど、俺がこうなったの、自分の責任だとか馬鹿《ばか》なこと思わないでよ……」

「なッ、こっちは真面目《まじめ》に心配してるんだぞ⁉」

「だからっ、それがいらないんだって……これは俺自身が決めて、やったことだよ……あんなやつに、いいように使われるなんて……死んでも嫌《いや》だっただけ！」

いきり立つヴィオは、大きく深呼吸をして目を伏《ふ》せる。

「なんのために、俺が、大切な妹の相手に、アリスを選んだと思ってるのさ……」

土と血で汚《よご》れたヴィオの拳《こぶし》が、トン、とアリステアの胸を押した。

「ここは、俺や他のやつらでなんとかするからっ……アリスが、行くんだよ……！」

「ッ、だが」

怯《ひる》むアリステアをヴィオが睨《にら》む。

「ああ、もう！　そうやって、ずっと迷って！　エメルのことが好きならっ、どんなことがあったって、迷う必要なんてないだろ！　いい加減にしないと、兄の権力で本当に別れさせるから！」

ドンッ、ともう一度、ヴィオの拳がアリステアの胸を勢いよく叩《たた》いた。眼差《まなざ》しは負傷しているとは思えないほど力強い。

「ヴィオ……ッ、……すまない」

アリステアは踵《きびす》を返す。

本気の思いは、その背中を押した。


アリステアは上へと続く螺旋《らせん》階段を駆《か》け上がっていった。

目指すは塔《とう》の最上部である屋上。おそらくフェンリートはそこにいる。

古ぼけた部屋を飛ばし、仄暗《ほのぐら》い階段をひたすら上り続けた。自分に近い足場以外は、上も下も暗闇《くらやみ》が呑《の》み込み、とぐろを巻いた階段が延々と連なっている。

それでも走り続けていると、扉《とびら》の開いている部屋があった。フェンリートが暮らしていた部屋だ。鞘《さや》から剣を抜《ぬ》き、念のため中を確認《かくにん》する。

部屋には誰《だれ》もいなかった。窓からは外の銀提樹《ティリス》が見える。樹枝が密林のように生《お》い茂《しげ》っているおかげで、ずいぶん薄暗《うすぐら》い。

住居としては寂《さび》しく、狭《せま》く、簡素。とても王子が暮らしていたとは思えなかった。

「…………」

アリステアは、覗《のぞ》いていた窓から静かに離《はな》れ、踵を返す。最上部へと再び走り出した。

すると、まもなく最後の階段の手前に辿《たど》り着く。アリステアはそこで足を止めた。息を整えながら、階段奥に広がる暗がりの一点を睨む。

ぱら……と小石の落ちる音が響《ひび》き、そこからひとりの少女がゆっくりと姿を現した。

「フェンリートの使用人か。悪いが、そこを通してもらいたい」

まだあどけなさの残る少女は、その瞳《ひとみ》に冷気でも纏《まと》ったかのような、鋭《するど》い眼光をアリステアに送った。右手には短剣が握《にぎ》られており、やはり静かにそれをこちらに向ける。

「あくまで抵抗《ていこう》するか……」

「私のことはお調べになったんですよね？」

「ああ……素人《しろうと》じゃないことも知ってる」

彼女が調査対象にあがったのは、フェンリートを探《さぐ》り始めてすぐのことだった。その特《とく》殊《しゅ》な生まれが、フェンリートを手助けしたことも早々に明白となった。

「お前の家は、代々リザドールの警備を請《う》け負っていた傭兵《ようへい》の家系だろう。優秀《ゆうしゅう》だったそうだが、今の領主に替わったとき、一斉《いっせい》に解雇《かいこ》を言い渡《わた》されているな？」

「その通りです。あいつは領主なんていっても、しょせんは街のことなんて丸っきりわかっていないただの守銭奴《しゅせんど》にすぎません。……だから今回、それをわからせてやりました」

「フェンリートが、リザドールを選ぶように仕組んだのはお前だったんだな」

「はい。あなたたちに警備のことがバレたときのあいつの顔、少し見たかったです」

破顔すると幼さが増すのか、手に持った短剣《たんけん》とさらにちぐはぐになる様は不気味だ。

「王宮で働けるようになるまでは大変でした。長い間リザドールの仕事だけで食べてこられたので、新しい仕事を見つけるのに苦労したんです。汚《きたな》い仕事もけっこうやりました。でも、そのおかげで殿下《でんか》にも出会えましたし、そこで得た知識や人脈を、あの方のために活《い》かすことができました」

「……フェンリートにミルシェ様のコンパニオンのことを教えたのもお前か？」

アリステアの質問に、氷のような表情が彼女に戻《もど》る。

「……それは、たまたまだったんですけどね……まさか、絵本に書かれていたことが本当のことなんて……普《ふ》通《つう》の人なら誰も信じないでしょう……？」

「絵本……？」

薄暗い中だったが、そう告げた少女の顔に少しだけ影《かげ》が差したような気がした。

「殿下は……執着《しゅうちゃく》しているもの以外に興味を持つことは絶対にありません。人間のことは特に。名前でさえ、覚えることはありません。ですから、あなたと攫《さら》った娘《むすめ》が、夫婦《ふうふ》だなんて思いもよらないでしょう」

「お前は知っていたんだな」

「あなたたちのことは有名ですから調べるまでもありません。……ですが、どうか彼女のことは諦《あきら》めてください」

「……それを言うために、わざわざここにいたのか」

「あなたなら、ここまで上がってくると思ってましたから」

「そこまでしてフェンリートとエメラリアを一緒《いっしょ》にさせたいのか」

「あの方の望みが、私の望みですから」

ふたりは互《たが》いを探るように、相手の表情を窺《うかが》う。

先に緊張《きんちょう》を解いたのは、アリステアのほうだった。

「……嘘《うそ》をつくのは苦手なようだな」

アリステアの漏《も》らした一言に、少女がぴくりと眉《まゆ》を動かす。

「嘘ではありません。何を根拠《こんきょ》に……」

「根拠ならある。お前が多弁になって俺にいろいろ話したのは、最初は時間稼《かせ》ぎかと思ったが、それだけではないだろう?」

少女は口を噤《つぐ》む。

「お前はそれでいいなんて、少しも思っていない。だが、忠誠心も捨てられない。だからフェンリートの手助けをしているのが自分だと、俺に誇示《こじ》して証明したかっただけだ」

「……なんで私がそんなことを」

アリステアは躊躇《ちゅうちょ》しなかった。譲《ゆず》れないものがあるのは、互いに同じだ。

「それは、お前が一度フェンリートを裏切ったからだ。それも、取り返しのつかないような大きな裏切りだ」

いた。

少女は唇《くちびる》を噛《か》み締《し》め、俯《うつむ》いた。それはアリステアの推測が間違《まちが》いではないことを示していた。

はっきりと、容赦《ようしゃ》なく告げる。

「……いいえ……」

けれど、少女は首を横に振《ふ》る。戸惑《とまど》いか怒《いか》りか、手に持つ短剣が小刻みに震《ふる》えている。

「いいえ……、いいえ！　私は殿下と出逢《であ》ったあの日から、この運命がどうなろうとともに歩むと決めたのです……！　裏切ってなどいないっ!!」

少女の叫《さけ》びが、塔に木霊《こだま》する。ピリピリとした殺気を身に纏《まと》いながら、短剣を構えた。

アリステアも腰《こし》の剣に手をやる。

「私は最後まであの方と一緒にいる！　たとえ、そこに殿下のお心がなくても――！」

勢いよく踏《ふ》み切った少女が、アリステア目がけて飛びかかった。

剣同士がぶつかり、間合いが詰《つ》まった瞬間《しゅんかん》、少女から爽《さわ》やかな花の香《かお》りが漂《ただよ》う。

それは、捜査《そうさ》の中で幾度《いくど》となく目にしたブランニアの香りだった。

そしてその瞬間、片方の剣が弾《はじ》かれ、暗闇の底へ落ちていく。

勝負は、呆気《あっけ》なかった。

ふたりの勝敗を分けたのは、男女の力の差だとか、経験値の違いだとかでは、きっとない。

アリステアは、背を向けて冷たい石の床《ゆか》に座り込んだ少女に、最後の質問をした。

「香水《こうすい》が染《し》みついた紅茶の葉を、俺たちの目につくところに捨てたのはお前だろう？」

フェンリートの犯行を決定付けた物的証拠《しょうこ》。瑠璃鶫宮《るりつぐみ》の庭でアリステアが見つけた枯《か》れ草の正体がそれだった。

そして、これが彼女の裏切りだった。

少女は何も答えなかった。明確な回答は。ただ——

「理性ではわかっていても、自分ではどうしようもできない気持ちがあるんです」

戦意を失い漏らした言葉は、アリステアにも少しだけ理解できるような気がした。


重い石の扉を開けると、暗闇に慣れた目を眩《まぶ》しい光が刺《さ》す。

最上部は、銀提樹《ティリス》の樹枝と葉が半球形の天井《てんじょう》を作っており、光の正体はそれらが折り重なってできた木漏《こも》れ日だった。肌寒《はだざむ》く湿《しめ》っていた塔の中とは一変して、場違いなほど暖かな陽気に満ちている。

「どうやら、あの精霊《せいれい》は役に立たなかったみたいだね」

中央で天井を見上げていたフェンリートが、ゆっくりとアリステアのほうを向く。

「俺の友人は、お前なんかに屈《くっ》するほど柔《やわ》な鍛《きた》え方はしてないんでね」

アリステアは喉《のど》の奥で笑い、警戒《けいかい》しながらフェンリートに近付いていく。彼のそばには変わらずエメラリアが寄り添《そ》っていた。

「ほら、やっぱり！　あの使えない精霊より、この精霊のほうがよかったじゃないか」

「ヴィオとエメラリアだ」

フェンリートの物言いに、アリステアは険相な顔になる。精霊の括《くく》りでふたりを呼ばれるのは、不愉快極《ふゆかいきわ》まりない。

「お前の目的はなんだ。なぜ、精霊に固執《こしつ》する」

「理由か。そうだね……君は知らないだろうけど、この王宮には昔から精霊が棲《す》んでいるんだ。彼らは、困っている人にその叡智《えいち》を貸して導いてくださるのさ。私は私自身の願いのために彼らをずっと探していた」

やはりフェンリートは、なんらかの方法で精霊の存在を知ったのだ。ただ、アリステアが聞いた話とは違い、伝説を語るかのような曖昧《あいまい》さには違和感《いわかん》を覚える。

（そういえば、あの娘が絵本がどうのと言っていたが……まさか……）

新たな疑問が浮《う》かぶも、とにかく今重要なのはフェンリートの目的だ。

「願いというのはなんだ。王位か？」

アリステアの問いに、フェンリートはきょとんとした表情を浮かべた。徐々《じょじょ》に口元を歪《ゆが》ませ、やがて堪《こら》えられないというように大声で笑い出す。

「何がおかしい」

「くくっ……、だって君が面白《おもしろ》いから。王位なんて興味はないよ。いくらでも兄上が持っていけばいいさ。私は、本当は王宮《こんなところ》にだっていたくはないんだ。誰《だれ》も私のことなんて、見ていないくせに。人の顔色ばかり窺って諂《へつら》う者たちの巣窟《そうくつ》なんか、いても息が詰まるだけだ」

空を見上げ、片手を掲《かか》げるフェンリートは語る。

「私はここから鳥のように自由に飛び立ちたいんだよ。そして、私だけを愛してくれる精霊と、誰も知らない地で私たちだけの理想郷を創《つく》る。そうすれば、彼女は誰にも取られないだろう？」

アリステアは、その常軌《じょうき》を逸《いっ》した思想に眉をひそめた。

だから思い出したのだろうか。フェンリートから負の感情が感じ取れないと、ヴィオが教えてくれたことを。

きっとその通り、フェンリートは誰よりも己《おのれ》の崇高《すうこう》な願いのためだけに生きてきた人間なのだ。長い間、たったひとりきりで。そのために、人と関《かか》わることを諦め、愛してくれる存在を顧《かえり》みることもなく、エメラリアからも意思を奪《うば》った。誰かと一緒に過ごすことで紡《つむ》がれる感情が、理解できないに違いない。

王子という特別な立場がそうさせたのか。彼はそうとは知らず、ただ唯一《ゆいいつ》見つけた夢も、他人には理解し得ない、孤独《こどく》な理想でしかない。

だが、フェンリートはこれを間違いだと認めはしないだろう。

もう話し合いでは解決しない。アリステアは剣《けん》を引き抜《ぬ》いた。

「フェンリート、悪いがその願いは叶《かな》えさせるわけにはいかない——妻は、エメラリアは返してもらう」

「なるほど。君がやたらと彼女にこだわる理由がわかったよ。でも、私たちの絆《きずな》に敵《かな》うと思うのかい？」

「試《ため》してみればいい」

「そうだね。君と私……どちらが彼女に相応《ふさわ》しいか、ここで決めようか——!!」

アリステアとフェンリートの視線が交差し、周囲の空気が瞬時にして変わる。

素早《すばや》く飛び退《すさ》ると、天井から伸《の》びた樹枝が、アリステアの立っていたところを勢いよく叩《たた》きつけた。すぐさまもう一度飛ぶと、別のところから伸びた樹枝が再び襲《おそ》いかかる。

「はっ……！」

まるで手足のように動くそれを、持ち前の勘《かん》と経験を活《い》かして避《よ》け、的確に斬り落とす。

次から次へと、間を空けずに繰《く》り出される攻撃《こうげき》をそうして躱《かわ》しながら、アリステアはふたりと距離《きょり》を縮めていった。

「なかなかやるね」

「伊達《だて》に騎士《きし》団長やってないから……なっ！」

ザシュッという音を立てて、またひとつ斬り落とす。アリステアは、透《す》かさず落ちた樹枝を思いきり蹴《け》り上げた。

「――ッ!?」

風を切るように飛んだ樹枝は、フェンリートの顔面すれすれを通り過ぎる。その隙《すき》に、一気にエメラリアとの距離を詰めた。生気のない瞳《ひとみ》に、アリステアの姿が映る。

「戻《もど》ってこい！　エメラリアッ!!」

力の限り叫び、腕《うで》を伸ばす。

すると、エメラリアが声に反応するように手を伸ばした。

声が届いたと思った。自分たちが積み上げてきた想《おも》いが、フェンリートに勝ったのだと。

「エメラリア……！」

やっと、手が触《ふ》れる――そう確信した刹那《せつな》、渇望《かつぼう》する小さな手は期待を裏切った。

横に空を切り、アリステアの手から遠のく。そして、その動きに連動するように、反対から荒々《あらあら》しい気配が迫《せま》った。それは素早く、体勢を立て直す時間はない。息もつけぬ間に、太い樹枝が獲物《えもの》に飛びかかる大蛇《だいじゃ》の如《ごと》く、アリステアを襲撃《しゅうげき》した。

「ぐぁッ!!」

為《な》す術《すべ》もなく塔《とう》の壁《かべ》に向かって吹《ふ》っ飛ばされ、背中から激突《げきとつ》する。

「――う、ぐッ！　……がほっ、ごほっ」

痛みを堪え、なんとか剣を支えに起き上がる。口の中を切ったのか、垂れた血が地面に滲《にじ》んだ。

致命傷《ちめいしょう》は免《まぬか》れたが、それでも身体《からだ》を庇《かば》い、諸《もろ》に攻撃を食《く》らった腕は痺《しび》れている。勢いよく打ち付けた背中も嫌《いや》な音を立てた。肺に空気を送るのがつらく、今の一撃の威力《いりょく》を物語っている。

それなのに、そんな身体の怪我《けが》よりもアリステアを苦しめたのは、エメラリアが自分に攻撃してきた事実だ。信じられないという眼差《まなざ》しが、フェンリートの視線とかち合う。

「そういえば、伝え忘れていたんだけどね。彼女は自ら私に助けを求めてきたんだよ」

「こほっ……な、に……？」

「もしかして、彼女は君と一緒《いっしょ》にいるのが嫌なんじゃないかな？」

実に楽しそうなフェンリートの言葉は、明らかに罠《わな》だ。わかっているはずなのに、アリステアの喉の奥を、ひゅっと冷たい風が吹き抜けた。

ずっと、エメラリアの特別な存在になりたいと願っていた思いが、ついに砕《くだ》かれたような気がした。

（エメラリアは……フェンリートを選んだ……？）

——否《いな》、そんなはずはないと、すぐに否定をする。

(だが、俺は……？　仕事を言い訳にして、またエメラリアをひとりにしてたんだぞ)

無邪気《むじゃき》な笑顔《えがお》を見せてくれていた日々すら、遠い昔のことのようだ。最近は怯《おび》えるように離《はな》れてしまうことすらあった。

目を逸《そ》らしていた事実と向き合えば、その理由は明らかだった。きっと彼女には、感情が視《み》えていたのだ。

しかし、結局そのときの自分は気付けなかった。エメラリアを愛《いと》しく想う気持ちがまた身勝手な行動を起こさないように、何食わぬ顔で仕事に明け暮れた。それが一番エメラリアを傷付けているとも知らずに。

アリステアは、後悔ばかりの自分の愚《おろ》かさに固く剣を握《にぎ》りしめた。

すると、肌《はだ》に触れる空気がかすかに和《やわ》らいだ。

ざあ——と、銀提樹《ティリス》の樹枝たちが音を立てて揺《ゆ》れる。

殺気などない、優《やさ》しい音だった。

ハッとしてアリステアは顔を上げる。そこで見たエメラリアの姿に大きく目を瞠《みは》った。

「どうして……」

フェンリートもエメラリアの様子に困惑《こんわく》し、それ以上の言葉をなくす。

エメラリアは、泣いていた。

声を上げることもなく、ただ静かに。

生気のない瞳から、大粒《おおつぶ》の雫《しずく》を止めどなく溢《あふ》れさせていた。

「――ああ、そうだよな……」

アリステアは、ひどい勘違《かんちが》いをしていた自分を責めた。

「こんなこと、お前だって嫌だよな……？　すぐにわかってやれなくて、すまなかった」

陽光を反射する涙《なみだ》の粒《つぶ》は、砂埃《すなぼこり》で汚《よご》れたドレスに吸い込まれ、徐々に大きな染《し》みになっていく。

この涙を乾《かわ》かすのは自分でありたい。自分でなければ。

こんな気持ちになったのは初めてだった。

さっきまで抱《かか》えていた不安や焦燥《しょうそう》を、勇気や希望が凌駕《りょうが》していく。

激情となって、全身に宿る。

本当に大切なものを守れと、己を奮い起こす。

「……なぜ、泣くんだ」

「自分のことしか頭にないお前には、一生わからない」

エメラリアの涙は予想外だったのか、混乱するフェンリートに、アリステアはそう確言してやる。こちらを睨《にら》んだ瞳に、やっと人間らしい憎悪《ぞうお》が見え隠《かく》れした。

けれど、アリステアが迷うことはない。

「フェンリート、エメラリアを傷付けた罪はどんな罪よりも重いぞ――覚悟《かくご》しろ」

一点の曇《くも》りもない剣の切っ先が、フェンリートを捉《とら》える。

「……まだそんな戯《ざ》れ言を言う元気があるとは、さすがだよ」

剣身に映る表情は、怒《いか》り。

「でも、もう本当にこれで最後だ」

口に歪《いびつ》な弧《こ》を描《えが》いたフェンリートは、エメラリアの腕を摑《つか》み乱暴に引き寄せた。

「やめろっ！」

咄嗟《とっさ》に反応したアリステアに、フェンリートはうっとりとした笑みを浮《う》かべる。そのまま見せつけるように、エメラリアの耳元で何かを囁《ささや》いた。エメラリアは、電撃に打たれたかのように身を震《ふる》わせ、その目に再び涙を湛《たた》える。

「お前っ……！」

フェンリートが摑んだ手を放すと、エメラリアはアリステアの前に立ちはだかった。

まっすぐに見据《みす》えた瞳は、変わらず虚《うつ》ろだ。だが、その惨《むご》さは今までの比ではなかった。澄《す》んだ黄金色《こがねいろ》だった瞳は、黒く塗《ぬ》りつぶされ、わずかな光すら存在していない。

「さすがの君でも、大事な彼女に手出しはできないだろう。そのままやられてしまえばいい！」

アリステアは、血が逆流する思いだった。

それでもなお、怒りに任せて行動しないのは、何があってもエメラリアを助けることが第一優先だからだ。確固たる決意と剣《けん》を持ち、エメラリアと対峙《たいじ》する。

（考えろ）

フェンリートに支配されたエメラリアは、容赦《ようしゃ》なく樹枝や根で巧《たく》みに攻撃を仕掛《しか》けてきた。四肢《しし》を狙《ねら》い、体勢を崩《くず》そうと図《はか》ってくる。策を練りながら戦うアリステアは、圧倒《あっとう》されるかたちで攻撃を避《よ》け続けた。

（大丈夫《だいじょうぶ》だ）

エメラリアの心は完全にフェンリートに呑《の》まれたわけではない。深層にはアリステアの知るエメラリアがちゃんといる。

ならば、自分が成すべきことは、その檻《おり》から出られるよう鍵《かぎ》を探すことだ。

（ただ闇雲《やみくも》に突《つ》っ込んでも、同じ過《あやま》ちを繰り返すだけだ。もっと別の方法で、エメラリアをフェンリートから引き離す必要がある。心配いらない。必ず勝機はある……！）

「君、さっきまでの威勢《いせい》はどうしたの？」

こちらから攻撃しない姿勢に、フェンリートが余裕《よゆう》を取り戻した口ぶりで言う。

「エメラリアはこれ以上、絶対に傷つけない。そんなことをしなくても、必ず取り戻《もど》す」

「まだ言うのか。負け惜《お》しみもいいところだと、そろそろ気が付いたらどう？」

フェンリートは、自分が優位に立っていると考えているのだろう。彼から攻撃《こうげき》を仕掛けてくることはなく、アリステアはこの契機《けいき》を活《い》かせるよう、わざと追いつめられているような後退の仕方を選んだ。その間に少しずつ得た情報から策を模索《もさく》する。

「はぁっ……はぁっ……、ふっ」

徐々《じょじょ》に乱れる呼吸の中で小さく笑う。

(策と呼べるほど、立派なものではないかもしれないが……)

勝機を見いだしたアリステアは、動く。

確かに、エメラリアが操《あやつ》る樹枝の威力は強く、硬《かた》い石の地面さえひび割れさせる。けれど、別にそれはエメラリアの身体能力と同一ではない。加えて、彼女はずっとアリステアの動向ばかりを気にし、自分のことは疎《おろそ》かだ。どんどんひび割れていく、自身の足下《あしもと》のことなど知り得もしないだろう。

アリステアのその読みは当たった。エメラリアは砕けた石の隙間《すきま》に足を取られ、バランスを崩したのだ。

(横に逃《に》げられないなら――)

機会を待っていたアリステアは滑空《かっくう》するように飛び込み、エメラリアを正面から抱《だ》きしめた。

(下だっ!!)

絡《から》まる枝を踏《ふ》み、壁《かべ》を乗り越《こ》え、そのまま銀提樹《ティリス》の入り組んだ樹枝の中に突っ込んだ。

落下への躊躇《ちゅうちょ》はなく、フェンリートの追随《ついずい》を許さない。器用に身体《からだ》を反転したアリステアは、エメラリアを庇《かば》うように樹枝をへし折りながら落ちていった。

「うっ……くっ……！」

落下のさなか、幾度《いくど》も鋭《するど》い樹枝や根がアリステアの皮膚《ひふ》を裂《さ》き、打ち付けたが、絶対に腕《うで》の力は緩《ゆる》めなかった。

きつく、きつく、抱きしめて、歯を食いしばった。

浮遊感《ふゆうかん》がなくなると、同時に今度は痛めた背中に衝撃《しょうげき》が走った。内臓が弾《はず》み、骨を軋《きし》ませ、声にならない声が喉《のど》の奥から漏《も》れる。

一度大きく息を吸い込んで、やっと目的の場所に落ちたことを理解した。

「はぁっ、はぁっ……はぁっ……」

絡まった樹枝たちが落下の速度を和らげたとはいえ、さすがに身体中が悲鳴をあげた。魔法使《まほうつか》いたちが作った団服を着ていなければ、おそらくかなり危なかった。

しかしその甲斐《かい》あって、フェンリートから距離《きょり》を取ることに成功した。

ふたりが落ちた場所は、樹枝が複雑に絡まり合い、一枚の大きな皿になったようなところだった。ここは、フェンリートの部屋を調べたときに窓から見えた場所だ。

アリステアがひとまず安堵《あんど》の溜《た》め息をつくと、抱きしめていたエメラリアがゆるゆると起き上がった。彼女のドレスはところどころ破れはしているものの、本人に目立った外傷はなさそうだ。

「はぁ……、お前に怪我《けが》がなくて、よかった……」

座り込んだエメラリアは、攻撃もしてこなければ、何もしてこなかった。ただ、黒い瞳《ひとみ》から涙を流し、アリステアを見つめていた。

「エメラリア、泣くな……」

早く泣き止《や》んでほしい一心で、まだ痺《しび》れの残る腕を伸《の》ばす。手袋越《てぶくろご》しに頬《ほお》に触《ふ》れた。拭《ぬぐ》っても拭っても零《こぼ》れる涙は、けれど手袋越しではその冷たさまでは伝わらず、歯痒《はがゆ》い。

はぁっ、と苦しげに息を吐《は》いたアリステアは、痛む身体に鞭《むち》を打ち起き上がった。

「……すまなかった……寂《さび》しい思いばかりさせる不甲斐《ふがい》ない夫で……」

アリステアは、優《やさ》しく、壊《こわ》れ物に触れるように、エメラリアの目尻《めじり》に唇《くちびる》を寄せた。その瞬間《しゅんかん》、投げ出されたままのエメラリアの指がぴくりと反応する。目を閉じていたアリステアは気が付かなかったが、それは兆《きざ》しだった。

「お願いだから、泣くな……笑ってくれ……」

花のようにほころんだ笑顔《えがお》が、また見たいのだ。

唇を離《はな》し、再び頬に手を添《そ》える。黒一色の瞳に呼びかけた。

「……………ぁ……、」

すると、今まで一度も喋《しゃべ》ることのなかったエメラリアが、薄《うす》く口を開いた。

「エメラリア！」

「…………だ……、ん……」

エメラリアの片手が弱々しくドレスを握《にぎ》り、もう片方は何かを求めるように宙を掻《か》く。ゆっくり、彷徨《さまよ》い、何度か摑み損《そこ》ね、それが自身の頰に触れるアリステアの手に辿《たど》り着くと、きゅう……と、握った。そして、たどたどしい仕草で、わずかに口角を上げる。

微笑《ほほえ》む、と呼ぶには拙《つたな》く、感情の伴《ともな》わないそれは、不完全な人形のようだ。けれど、アリステアには十分だった。十分過ぎた。

気が付くと、エメラリアを力いっぱい掻き抱《いだ》いていた。

「エメラリア……ッ！　エメラリア！　戻ってこい！　俺はここにいるから……！」

自分の居場所を教えるように、抱きしめる腕に力を込め、名前を呼ぶ。

「……ん、な……さ……ま……」

エメラリアは苦しげに唇を震わせながら、それでもアリステアを求めるように、再びその腕を動かした。打ち付けて熱を持つアリステアの背中に、別の熱が、愛《いと》しい熱が這《は》う。

必死に応《こた》えようとしているエメラリアの姿に、どうしようもなく切なさが込み上げる。目尻が熱くなって、今にも想《おも》いが零れてしまいそうだった。

「だ、んな……さ……ま……、…………ア、リステア、さま……」

そして、エメラリアがその名前を口にした瞬間――背中にあった熱が、確かな意思を持ってアリステアを抱きしめた。

「ああ、ここにいる！」

触れ合うところから、想いが重なり合う。

それは奔流《ほんりゅう》となって、悪い魔法を飲み込み、押し流す。

濁《にご》った黒い瞳に、澄《す》んだ光が戻っていく。

「アリステア、さま……アリステアさまっ！　ああ、わた、し……ごめん、なさいっ……ごめんなさっ……わたしのせいでっ……！」

「エメラリアのせいじゃない。俺が絶対に渡《わた》したくなかっただけだ。お前のことだけはお願いされたって誰《だれ》にも渡さない。たとえ、この国の王子でもだ……！　――もう二度と離さない」

「アリステア様……私もっ、離しません……！　お願い、離さないで」

すでに境界なんてないほど強く抱き合っているのに、それでも足りないというように、さらに、強く、強く、抱きしめ合う。

愛おしい。

これほど、誰かを想ったことが果たしてあっただろうか。

守りたい。何があっても。彼女だけは。

アリステアはその瞳に再び激情を宿し、部屋の窓に足をかけた人物を睥睨《へいげい》した。


「逃がさない」

エメラリアは、その憎悪《ぞうお》をあらわにした声でアリステアから顔を上げた。

目に飛び込んできたのは、フェンリートの姿だった。

だが、今のフェンリートは、エメラリアの知る彼の姿から大きくかけ離れていた。

光を纏《まと》っていたはずの王子は、眼光鋭く、息を荒《あら》くし、おぞましいくらい真っ黒な感情を背負い、そこに立っていた。

闇《やみ》は寸分の光も通さない、本物の暗闇。先程《さきほど》までエメラリアを閉じ込めていた世界そのものだ。

無意識に思い出してしまい、身体が震《ふる》えた。それが伝わったのか、アリステアの腕に力がこもり、その背に隠《かく》された。いつの間にか、彼は手に剣《けん》を持っている。

「精霊《せいれい》よ。なぜそんな奴《やつ》のところに行ってしまうんだ……！　この世界で君を一番想っているのは私なのに！　――さぁ、私のところに戻っておいで」

声は優しいフェンリートだが、瞳は爛々《らんらん》とした光に満ちていた。

「エメラリアは、お前のところには戻《もど》らない」

「君には聞いていないッ!!」

　すっかり猛《たけ》り立ったフェンリートが、獲物《えもの》を狙《ねら》う野獣《やじゅう》のような目を、エメラリアに向けた。ギラギラと光るそれは、従えとエメラリアの中の精霊を刺激《しげき》する。

「フェンリート様……」

　エメラリアは彼の名前を呟《つぶや》く。しかし、心どころか身体も、彼に脅《おびや》かされることはなかった。エメラリアはエメラリアのまま、フェンリートの檻《おり》から完全に解放されたのだ。

「お願いですから、こんなことはもうやめてください」

「君がそばにいてくれさえすれば、私はすぐにでも牢獄《ろうごく》に入ろう！　その先に、君との自由があるならいくらだって……！」

　フェンリートは懇願《こんがん》するが、エメラリアは目を伏《ふ》せ、首を横に振《ふ》った。

「それはできません」

「なぜ⁉　どうして⁉」

「私がそばにいたいと思うのは、あなたではないのです。申し訳ございません」

「……ッ、こんなに君だけを一途《いちず》に想ってきたのにっ……なぜ伝わらないんだっ!!」

　苛立《いらだ》つフェンリートは、頭を掻きむしった。亜麻色《あまいろ》の髪《かみ》が、あちこちに飛び跳《は》ね、きれいな風貌《ふうぼう》は見る影《かげ》もない。

「こんな結末……信じられるわけがないっ!!」

拒絶《きょぜつ》されたという受け入れがたい事実だけが消化できずに、闇は一段と膨《ふく》れ上がった。

エメラリアから視《み》たフェンリートは、最早《もはや》人の形は呑《の》み込まれ、大きなどす黒い塊《かたまり》と化していた。鋭《するど》い眼光だけが、その闇の中に不気味に浮《う》かぶ。

「……君の一番が彼だというなら、私がやることはひとつだ」

眼球がアリステアをぎょろりと睨《にら》んだ。気配を察知したアリステアが臨戦態勢を取る。

「エメラリアは後ろに下がっていろ」

「ですがアリステア様、お怪我が……！」

エメラリアは躊躇《ちゅうちょ》した。一歩前に出たアリステアの身体《からだ》は傷だらけだ。こんなところでエメラリアを守りながらさっきのような攻撃《こうげき》を受けたら、さすがの彼でもひとたまりもない。彼にもしものことがあれば、それこそ悔《く》やんでも悔やみきれない。

エメラリアは覚悟《かくご》を決めた。

「私も一緒《いっしょ》に戦います。そばにいさせてください」

予想だにしない申し出に、アリステアが目を瞠《みは》る。

「大丈夫《だいじょうぶ》です。絶対に」

「何をごちゃごちゃ言っているのかなぁ？　別れの挨拶《あいさつ》を言わせてあげるほど、今の私は優《やさ》しくないよ——!!」

フェンリートの合図とともに、周囲の樹枝がアリステア目がけて襲《おそ》いかかる。エメラリアもアリステアの前に飛び出した。後ろで息を呑んだのがわかったが、エメラリアは引かない。

手のひらを身体の前にかざし、祈《いの》るように意識を集中した。

（お願い……！　守りたいの！）

すると願いと呼応するように、空中に金色の文字が幾重《いくえ》もの輪になり浮かび上がった。エメラリアの魔法《まほう》だ。

けれど、それは同時に全身を焼くような激しい熱を生み出した。ともすれば意識が飛びそうになる。この力が借り物だからか、余計に負担になっているのかもしれない。

でも、もう逃《に》げないと決めたのだ。エメラリアは踏《ふ》ん張り、もっと強く願う。

（私の大切な人を、守らせて――!!）

エメラリアが、その人物と出会ったのは、フェンリートの言葉で暗闇に堕《お》ちたあとのことだった。どこだかわからない、まっ暗な世界で、眠《ねむ》るように倒《たお》れていたエメラリアの鼓《こ》膜《まく》を何かが揺《ゆ》すった。

（と、り……？）

鳥が、羽ばたいている。

重い瞼《まぶた》を開けると、初めて自分以外の存在に気が付いた。

どこから現れたのか、神々《こうごう》しいくらい美しい女性がそばに立っていた。周囲の闇など物ともせず、精巧《せいこう》なガラス細工のようにしなやかな指には、一羽《わ》の青い鳥が止まっている。

『負けては駄目《だめ》。あなたの願いを届けにきたこの子もそう言っている』

清らかで凛《りん》とした彼女の声が暗闇に響《ひび》く。

『大丈夫。あなたはもう、この闇に負けない大切なものをたくさん持っている』

黙《だま》り込んだままのエメラリアに、彼女は続けた。

夜空の星をかき集めたかのように澄んだ金色の瞳《ひとみ》が、エメラリアを優しく包み込む。

『私もあなたの味方。少しだけ戦うための力を貸してあげる。――だから、頑張《がんば》って』

月光のように柔《やわ》らかな髪を靡《なび》かせ、彼女は黒い地面に手をつく。

エメラリアの額に、優しい、まるで自身の子どもにするようなキスを落とした。

瞬《また》く間に、彼女とエメラリアがいるところから闇が消滅《しょうめつ》し、世界に色が戻ってくる。

(――エメラリアッ!)

エメラリアの耳に、心を震わす声が届く。

「だ……だんな、さま……」

ほぼ自覚のないまま声のしたほうへ腕《うで》を伸《の》ばす。

ところが、手のひらは透明《とうめい》な壁《かべ》のようなものにぶつかった。

「え……、ここは……何？　私、どうして……」

そこでようやく、エメラリアは自身の置かれた状況《じょうきょう》を知った。起き上がり、手を滑《すべ》らせるも出口はなく、ガラス越《ご》しに外の世界を眺《なが》めているような状態だ。

ガラスには、アリステアが太い樹枝に弾《はじ》き飛ばされ、壁に背中を打ち付ける姿が映った。

その光景に息が止まりそうになる。

アリステアからは血が滴《したた》り、エメラリアはさらに惑乱《わくらん》した。

ガラスを壊《こわ》そうと、自分の手が赤くなることも厭《いと》わず力任せに叩《たた》いた。けれどガラスはひびが入るどころか、びくともしない。

「いやっ！　お願い、私をここから出して!!」

叩き続けた手はじんじんと痛みを持ち始めたが、それでも諦《あきら》めるわけにはいかなかった。

アリステアは、エメラリアのために戦っている。

ガラス越しでも伝わる。あんなにわからなかった気持ちが、今は切なく苦しいほどに。

「旦那《だんな》様っ！　いやあ……ッ！」

泣き崩《くず》れそうになったエメラリアの手に、そっと作り物のようなそれが音もなく重なった。

「あ……」

見上げれば星色の瞳が穏《おだ》やかに問いかけていた。

不思議なことに、たったそれだけの行為《こうい》がエメラリアを落ち着かせていく。

「わたし……あの方を助けたい……そばにいたいんです」

『……なぜ？』

「愛してるからです」

答えは、自分でも意外なほどあっさりと口から零《こぼ》れ出た。

どうして、こんなことになるまで気が付かなかったのだろう。愛し子《いとご》と精霊《せいれい》の関係にこだわってばかりで、大切なことを見失っていた。

(私は、旦那様が……アリステア様が好き……愛してる……)

どんなに手が赤く腫《は》れようと、もっとひどいことが起きようと、彼のところに帰りたい。

彼でなくては駄目なのだ。この身を焦《こ》がすような想《おも》いが、偽《いつわ》りのはずがない。

「もう……迷いません。だから、ここから出るための力を、私に貸してください」

エメラリアがはっきり言葉にすると、彼女がかすかに笑ってくれた気がした。

『強く、願って』

彼女は手をそっと握《にぎ》る。エメラリアは、言う通りにアリステアのことを想い、願った。

すると、足下《あしもと》の地面が光り輝《かがや》き、ぴょこん、とひとつの小さな芽が生えてくる。

そのまま芽は立ちどころに育ち、大きな樹《き》へと生長していった。

「あっ」

途中《とちゅう》、一本の枝がエメラリアを掬《すく》い上げた。

樹は戸惑《とまど》うエメラリアを乗せ、ぐんぐん上へ伸びていく。

そうして、ついにガラスの向こう側を見下ろす高さまでになった。

「――ッ」

ガラスの向こうは、暗闇《くらやみ》が広がっていた。ふわりと浮き上がった彼女が闇の先を指差す。

『ここから先は、フェンリートに支配された精霊の領域。その向こう側に出口がある』

足が竦《すく》んだ。また呑み込まれてしまうかもしれないという恐怖《きょうふ》がエメラリアを襲う。

『……この樹は、あなたの彼への想いが積み重なって形となったもの』

「え？」

『彼からもらったものを積み上げて、壁は越《こ》えられた。それなら、向こう側だって変わらない。闇もすべて埋《う》めてしまえばいい。すべてを埋めてしまえば、それ以上のものなんて何もない。境界なんて存在しない』

彼女のきれいな瞳が煌々《こうこう》と輝く。まるで道標《みちしるべ》のようだと、エメラリアは思った。

『あなたなら、きっとできる。頑張って』

もう一度、彼女はそう言ってエメラリアを励《はげ》まし、先程《さきほど》と同じように額にキスをした。

やはりそれは、母が娘《むすめ》にするような優しいもので、すぅと自然にエメラリアに馴染《なじ》む。

「はい。頑張ります」

エメラリアは深く頷《うなず》くと、黒い闇の世界に飛び込んだ――


そして――エメラリアは、大切な人のそばに辿《たど》り着いた。

強い願いは届き、黄金の魔《ま》法陣《ほうじん》は、迫《せま》り来る強靭《きょうじん》な樹枝たちをすべて弾き飛ばした。

崩れ落ちていく残骸《ざんがい》の向こう側で、フェンリートが驚愕《きょうがく》の表情を浮《う》かべ、狼狽《うろた》える。

彼を討《う》つなら今。エメラリアが信じている人はこの好機を当然逃《のが》さない。

時を移さず、一陣《いちじん》の風が横をすり抜《ぬ》けた。

「これで終わりだ!!」

「く、来るなっ……!」

拒絶《きょぜつ》する闇は体勢を立て直そうとするが、光のほうが速い。

アリステアは、心が通じ合ったエメラリアの影響《えいきょう》か、まるでフェンリートの闇がその目に視《み》えているかのようだった。

銀色だった剣が、金色を帯びる。

それは肉体ではなく、まっ黒に染まった精神を斬《き》り裂《さ》いた。

フェンリートの振《ふ》り立てた悲鳴が巨大《きょだい》な銀提樹《ティリス》に轟《とどろ》き、共鳴するように葉がさざめく。

ほどなくして、叫《さけ》び声は引き攣《つ》った呻《うめ》きへと変わり、ふつりと途切れた。

エメラリアは地に伏《ふ》したフェンリートの姿を見て、ずっと力んでいた両手を下ろす。役割を終えた魔法陣は、空気に溶《と》け込むように消滅していった。

(終わったのね……)

確信とともにどっと疲《つか》れが押し寄せた。急激な眠気《ねむけ》に襲《おそ》われ、我慢《がまん》できずに瞼が落ちていく。

最後の瞬間《しゅんかん》、エメラリアは頼《たの》もしい背中を見届けて、意識を手放した。


アリステアは、倒《たお》れたエメラリアにすぐに駆《か》け寄った。

意識はなかったが、ただ眠っているだけだとわかり安心する。

「エメラリア、よく頑張った……ありがとう……」

彼女の勇気が作った最後の好機に敬意を込めて、そっと頬《ほお》に唇《くちびる》を寄せる。

エメラリアの頬は、たくさん泣いたせいでカピカピになり、砂埃《すなぼこり》なども被《かぶ》ったおかげで散々なことになっていた。髪《かみ》も、ドレスも、とてもひどい有り様だ。

それでも……だからこそ、そんな姿になってまで、なり振り構《かま》わずアリステアのそばにいると言ってくれたことが嬉《うれ》しかった。

これからはその約束に違《たが》わず、ずっと一緒《いっしょ》にいられる。

アリステアはエメラリアを抱《だ》きしめた。

そうして戦いの終わりを喜んだとき――

「っ!?」

突然《とつぜん》、足場の銀提樹《ティリス》がものすごい勢いで揺《ゆ》れ始めた。地を這《は》うような轟音《ごうおん》に、ぱらぱらと樹皮や葉の屑《くず》が降り注ぐ。

まさかと思い、フェンリートに目をやるが、彼は気を失ったままだ。近くにはいつの間にか使用人の少女がいた。彼女も何が起こったのかわからないらしく、フェンリートを抱きしめ、アリステアを見る。

「樹が！」

少女がアリステアの向こう側を指差した。振り返ったアリステアは、その光景に弾かれたように立ち上がり、ありったけの声量で叫《さけ》ぶ。

「早く！　そいつを塔《とう》の中に引き込め!!」

自身も急いでエメラリアを肩《かた》にかかえ走った。

振り返っている余裕《よゆう》はない。足場は、端《はし》から徐々《じょじょ》になくなっている。樹枝も、根も、葉も、樹を構成していたすべてが、金色の花となって散り始めていた。

おそらく術者のフェンリートと、力を供給していたエメラリアが同時に気を失ったことで、存在を維持《いじ》できなくなったのだ。

窓の近くにいた少女とフェンリートは、一足先に部屋の中へ雪崩《なだ》れ込むように入った。

アリステアも、窓の枠《わく》に向かって手を伸《の》ばす。

しかし、それより先に足下の感覚がなくなった。身体《からだ》が浮く。

「くそっ――！」

近いはずの窓が遠い。遠ざかる。

今度落ちれば、この高さでは助からない。待っているのは、永遠の別れだ。

やっと想いが通じ合ったのに。彼女と一緒に生きていたいのに。

落ちる。

「愛してる」と、伝えられないまま――

【終章】マタタビ侯爵の愛し方

金色の花が降る。

雪のように大地に積もっていく。

巨大な檻《おり》も空の暗雲も、すべて消え去った。

天には青空が戻《もど》り、この事件の終わりを告げた。

その様子を、今しがた瑠璃鶫《るりつぐみ》宮にやってきたばかりの人物が見上げる。

周囲にはたくさんの側近を連れていた。辺りは一気に厳粛《げんしゅく》な空気に包まれる。

無事に事件が解決し、安堵《あんど》していた騎士《きし》や魔法使いたちも姿勢を正し、その初老の人物を迎《むか》え入れた。

「これは、また……ずいぶん派手にやってくれたようだけど、騎士団長はどこかな」

彼は周囲を見回し、ここにいる騎士たちをまとめている男の姿を捜《さが》した。

「こういうとき、いつもだったらあれは真っ先に私のところへやって来るんだけど、いないのかな？　……お前、騎士団長がどこにいるか知ってる？」

にこやかにひとりの騎士に話しかけた彼の顔は、フェンリートやミルシェの面影《おもかげ》を宿していた。

急に話しかけられた騎士は緊張《きんちょう》気味に礼を執《と》り、塔のほうを向く。

「団長でしたらあちらに……」

「ありがとう」

彼は、畏《かしこ》まる騎士に軽く手を上げると、悠然《ゆうぜん》と歩みを進めた。

瑠璃鶫宮の外壁《がいへき》に捜していた男はいた。

ひとりの女性と一緒にいた。

女性はボロボロの姿で力なく壁《かべ》に寄りかかり、瞼《まぶた》は閉じられている。

男はそんな彼女を一心に介抱《かいほう》しており、彼が来たことにも気付いていないようだった。

「エメラリア……」

「お取り込み中、申し訳ないんだけどね。騎士団長、少しいいかな？」

そばへ行って話しかければ、やっと男がこちらを振り返った。


「こっ――国王陛下！」

アリステアは、突然登場した自身の主《あるじ》に慌《あわ》てて立ち上がった。

戦闘《せんとう》で痛めた身体が痛みを訴《うった》え、わずかに顔を歪《ゆが》めたが、なんとか踏《ふ》み止《とど》まる。

「申し訳ございません。ご足労いただいていたとは、気が付きませんでした」

「ああ、それはいいよ。今回はかなり大変だったみたいだしね。しかも迷惑《めいわく》をかけたのは私の愚息《ぐそく》だからね」

アリステアは地面を凝視《ぎょうし》していた顔をゆっくりと上げる。

大変だったという点では、国王の言う通り。死にかけた事実があるくらいだった。今思い出しても、助かったのは奇跡《きせき》に近い。

あのあと——銀提樹《テイリス》が崩壊《ほうかい》し、絶体絶命だったふたりを助けたのはアリステアの部下と魔法使《まほうつか》いたちだった。間一髪《かんいっぱつ》で駆けつけた彼らは、アリステアの腕《うで》を掴《つか》んでくれたのだ。

もし、少しでもタイミングがずれていたら、間違《まちが》いなく助からなかった。

「それで、大罪人はどこにいるのかな？」

「……こちらです」

自分の息子《むすこ》を罪人呼ばわりする国王に、アリステアは静かに告げた。その躊躇《ちゅうちょ》のない態度は毎度恐《おそ》れ入る。死ぬほどの恐怖《きょうふ》を体験したこちらが、現実に引き戻されるほどだ。

フェンリートのもとへ行けば、ふたりに気が付いた見張りの騎士たちが、すっと後方へ避《よ》けた。その中央、王族としての品位の欠片《かけら》もなくなったフェンリートが気怠《けだる》げに顔を上げる。

「父上……」

「まったくお前はとんでもないことをやらかしてくれたねぇ」

「何をしにいらしたんですか？　こんな辺鄙《へんぴ》な塔へ足を運ぶことなんてない、あなたが。今さら……！」

嘲笑《ちょうしょう》を浮《う》かべたフェンリートが、吐《は》き捨てるように言った。

「お前に現実を教えに来たんだよ」

「現実？　それなら、私はあなたの息子の現実をお教えしましょうか？　今回のことも、あなたは、とんでもないことをおっしゃいますけどね。これまでずっと私のことを放置していたあなたにも責任がおありなんじゃないですか？」

すっかり人が変わったフェンリートが、ギンと自身の父親を憎《にく》らしげに睨《にら》んだ。

王はそんなフェンリートにも動じず、泰然《たいぜん》とした態度で言い返す。

「それこそ甘いね。お前はね、王宮が嫌《きら》いだったならひとりでとっとと外に出れば良かったんだ。先代が孫のお前に余計なことを教えたんだろうけど……本当にいるかもわからない存在に夢を見て、待ち続けて、法まで犯《おか》した」

「精霊《せいれい》は夢なんかではない！　本当にいる！」

「たまたまお前の魔法と相性《あいしょう》のいい人間がいただけだろう。独学で身に付けた魔法の知識がどれほど危険か、荒唐無稽《こうとうむけい》な勘違《かんちが》いをするのもいい加減にしなさい」

アリステアは国王の後ろで、その言葉を黙《だま》って聞いていた。

ウェリタス家のことを周囲に知られないためにも、この事件をフェンリートの夢物語として終わらせるつもりらしい。フェンリートには憐《あわ》れだが、仮にウェリタス家のことが国内どころか、国外まで知れ渡《わた》ったときのことを考えれば、致《いた》し方《かた》ない。

「とにかく、王族だからといって刑《けい》が軽くなるなんて考えないことだね。大陸裁判はお前のおめでたい頭ほど生易しいものではないよ」

国王はそう言うと、息子ともう話すことはないのか踵《きびす》を返す。去り際《ぎわ》、アリステアのほうへ視線を遣《や》った。

「騎士団長もそれでいいね？」

アリステアはエメラリアを守るため頷《うなず》いた。

「はい。仰《おお》せのままに」

国王はアリステアの返事を聞くと、来たときと同じように悠々《ゆうゆう》とした足取りで瑠璃鶫宮をあとにした。

続くように、フェンリートもすぐ王宮の一室へ連行されることになった。曲がりなりにも王族ということで、地下の牢《ろう》ではなく空き部屋が利用されることになっていた。

アリステアが部下に連れられていくフェンリートを眺《なが》めていると、ふとその様子をじっと見ている使用人の少女が目に入った。

彼女とは塔《とう》でのやり取りのことがある。決して多くは語らなかったが、その想《おも》いには同情するものがあった。

　少し考えた末、アリステアは騎士の隣《となり》で立ち尽《つ》くす少女に近付いた。

「ここで別れたら、おそらくもう二度とフェンリート殿下《でんか》には会えなくなる。何か伝えたいことがあるなら今しかない」

　少女は目線だけをアリステアに向けた。この結末をどう思っているのか、静かな表情からは何も読み取れない。

　それでも返事を待っていると、少女はおもむろにその場に座り込んだ。

　降り積もった金色の花を手で払《はら》い除《の》ける。

　下から顔を出したのは、すっかり萎《しお》れてしまったブランニアの花だった。

　本当に名前の如《ごと》く、小さな花。

　無言のまま、少女はそれを手折《たお》る。

「……この花の名前……殿下がお付けになったんです」

　そうして告げられた言葉に、アリステアは今さらある事実に気付かされた。

　よくよく考えてみれば、ブランニアは彼女だった。証拠《しょうこ》を残す危険を冒《おか》してでも、彼女が種を持ち歩いていた意味は、きっとここにあった。

　だって、彼女の名前は——

「いくぞ——ブラン・トレイズ」

少女を連行するため新たに騎士がやってきた。今まで誰《だれ》も口にしなかった彼女の名前を呼ぶ。

ハッとするアリステアとは対照的に、少女——ブランは落ち着き払っていた。

「……はい」

もう、フェンリートと話すこともなければ、会うこともしないと決めたのだろう。

彼女がフェンリートにしたことを考えれば、当然といえば当然なのかもしれない。

とても素直《すなお》に従うブランは、最後にアリステアにこう告げて去っていった。

「殿下にとって、人間はみんな同じ。そして、私もその中のひとり。道具同然の私の名前など、あの方の中には存在しないのです」

だから偶然《ぐうぜん》なんです、と。

それから、年頃《としごろ》の少女らしく表情をかすかに和《やわ》らげて。

「でも、私——それでも嬉《うれ》しかった」

そう、悲しそうに、幸せそうに、微笑《ほほえ》んで。

エメラリアが目を覚ましたのは、それから三日後のことだった。

あのときは必死すぎて考える余裕《よゆう》なんてなかったが、どうやらかなり身体《からだ》を酷使《こくし》していたらしい。まさかそんなに眠《ねむ》ってしまうとは思わず、聞いたときは驚《おどろ》きを隠《かく》せなかった。

「うぅ……」

試《ため》しにベッドの上で起き上がってみたが、呻《うめ》き声が漏《も》れた。ほんの少し動くだけでも身体が重い。ぎくしゃくした動作で、柔《やわ》らかなクッションにゆっくり身体を預ける。医療《いりょう》魔法を施《ほどこ》されても、これだけつらいのだから相当自分の身体はボロボロだったのだろう。

エメラリアが眠っていた間、当然ながら事件はいろいろと決着がついていた。

その中でも、エメラリアが一番心配だったのは自分の家のことだ。

巻き込まれたとはいえ、ずいぶん派手に精霊の力を使った記憶《きおく》がある。自分のせいで、ウェリタス家がレシュッドマリー王国から追放されるようなことになっていないかと、気が気ではなかった。

ところが、結果から言ってしまえば、それはなかった。

陛下の寛大《かんだい》な配慮《はいりょ》のおかげで、引き続き秘密は守られることになったのだ。

そもそも、フェンリートが精霊を知るきっかけとなったのは、先代国王の手作り絵本が原因だと聞かされた。まだ幼かった孫たちのために、実話を交えて読み聞かせていたのだという。先代も、まさか孫がその話を妄信《もうしん》するとは、夢にも思わなかっただろう。

陛下はそれを利用し、今回の事件はフェンリートの行き過ぎた妄想《もうそう》が原因とした。エメラリアは、ただフェンリートと魔法《まほう》の相性がよかっただけの、普通の人間として処理されたのだった。

事件に関係した人々は皆《みな》、陛下の話を信じた。もとより、フェンリートが世間と孤立《こりつ》していたのは有名な話で、どちらを信じるかは火を見るよりも明らかだった。

さらに陛下は、今回の事件から関心を逸《そ》らすため、第一王子の戴冠式《たいかんしき》を予定より早めることを、近々公《おおやけ》に発表するらしい。

そのせいもあってか、事件が解決した今でも王宮内は諸々《もろもろ》の片付けやら、フェンリートの裁判の準備やら、戴冠式の準備やらで混沌《こんとん》を極《きわ》めていた。

静かなのはエメラリアが寝《ね》ているこの部屋くらいなのではないだろうか。

「はぁ……」

ひとりベッドで寝ているというのはどうにも落ち着かないが、やはり身体は思うように動かない。

半分は精霊といっても、魔法に馴染《なじ》みがあったわけではなく、完全に無理を強《し》いた結果がこの状態だった。こんな凄《すさ》まじい反動で、よくあの土壇場《どたんば》で魔法を発動できたものだ。

（きっと、あの人のおかげなのでしょうけれど）

思い出すのは、暗闇《くらやみ》の中で出会ったひとりの女性。

彼女の正体などあのときは考えもしなかったが、今ならなんとなくわかる気がした。

けれど、きっとそれを確かめることはできない。

エメラリアは、もう彼女と会うことはないと確信していた。

（私の願いは叶《かな》ったもの）

手が無意識に左胸の辺りを撫《な》でる。夜着だからというのもあるが、肌身《はだみ》離《はな》さず着けていた青い鳥のブローチは、あの日を境にどこかにいってしまった。

アリステアから初めてもらった物がなくなってしまったのは悲しい。でも、青い鳥はあの暗闇の中、彼女をエメラリアのところまで連れて来てくれた。

アリステアへの想いと向き合うための、チャンスを与《あた》えてくれたのだ。

（……会いたい）

ふと、無性《むしょう》にアリステアが恋《こい》しくなった。

だが彼は今、軽い執務《しつむ》をこなせるくらいまで回復したらしくここを離れている。

それでも諦《あきら》めきれずに扉《とびら》を見つめていると、控《ひか》え目にノックする音が響《ひび》いた。

「――エメラリア、起きているか？」

アリステアだ。

エメラリアは単純だった。

想《おも》いが通じたみたいに現れた彼に、嬉しさがぶわっと溢《あふ》れる。

「お、起きております……！」

上擦《うわず》ったような返事をすると、団服に身を包んだアリステアが部屋の中に入って来た。

身体は服に隠れて見えないが、端整《たんせい》な顔には小さな傷がまだ残っている。肩《かた》や背中も痛めているため、動きも少しぎこちなかった。

「起き上がって平気なのか？　医者はまだ安静にと言っていただろう」

アリステアは自分のことは棚《たな》に上げ、エメラリアを心配する。

「これくらいは大丈夫《だいじょうぶ》です」

動くのはつらいが、話をする距離《きょり》を考えればこのほうがいい。

せっかく会いに来てくれたのだから、近い距離で話がしたかった。

「今朝より顔色はいいな」

アリステアが椅子《いす》に座る。思った通り、このほうが彼の顔がよく見える。

「本当に……長い間眠ってしまい、ご心配をおかけいたしました。それに、私が気を失ってからも大変だったみたいで……旦那《だんな》様がご無事で何よりです」

エメラリアが巨大《きょだい》な銀提樹《ティイリス》の末路を知ったのは、目覚めてからだった。

「あのときは俺もさすがに死ぬと思った」

「でも、助かりました」

死なくて本当によかった。アリステアも、自分も。

助けてくれた彼の部下や魔法使いたちには、感謝をしてもしきれない。

「旦那様と、またこうして一緒《いっしょ》にいられて嬉しいです」

些細《ささい》なことでも感慨《かんがい》深くて、素直な気持ちを言葉にする。

「それは、俺もだ」

アリステアは、エメラリアの好きな優しい表情を浮《う》かべた。膝上《ひざうえ》に置いていた手に、大きな手がそっと覆《おお》い被《かぶ》さる。手袋《てぶくろ》をしていない彼の手は温かい。

「エメラリア……俺のことは名前で呼んでくれないか？」

「え？」

「今まで呼び名にこだわりはなかったんだが、お前の声で呼ばれるのは心地《ここち》がいい。それに、お前がそばにいる実感が湧《わ》く」

重ねられた手をやんわりと握《にぎ》られ、催促《さいそく》されているのがわかる。

思い返せば、確かに事件の最中は、彼のことを名前で呼んでいた気がする。とはいえ、今とは状況《じょうきょう》が違《ちが》う。改めて呼んでほしいと言われると、なぜだかすごく恥《は》ずかしかった。

「…………ア……アリステア……さま……？」

「ああ」

どぎまぎしながら呼ぶと、乗っていただけの手がするりと動く。戸惑《とまど》っているうちに、指を絡《から》められた。恥ずかしさが込み上げて、身体がふわふわする。

「……やっぱり、駄目《だめ》だな」

エメラリアが固まっていると、おもむろにアリステアが呟《つぶや》いた。

「だん……ア、アリステア様？」

「エメラリア、すまない……お前の身体に障《さわ》るのは重々承知しているんだが……もう少しだけ、お前に触《ふ》れてもいいだろうか？」

どこか切なさを孕《はら》んだ瞳《ひとみ》で見つめられ、駄目だなんて断れるはずがない。

「はい……」

頷《うなず》くと、アリステアは椅子からベッドに座り直した。重みでベッドが沈《しず》む。

アリステアの手は、エメラリアの腕《うで》に、肩に、頬《ほお》に、優しく順番に触れた。

まるで、エメラリアがここにいることを確認《かくにん》するように。

手は頬を滑《すべ》り、耳にかかった白金の髪《かみ》をさらりと撫でる。くすぐったさを我慢《がまん》しながら、じっとしていると、両腕が後頭部と背中に回された。身体《からだ》のことを労《いたわ》ってか、力は決して強くはないのに、抜《ぬ》け出せないくらいきつく抱《だ》きしめられているような感覚に陥《おちい》る。

「……お前が俺の前に飛び出して来たとき、心臓が止まるかと思った」

エメラリアの肩口に額を寄せたアリステアは、掠《かす》れた声でそう漏《も》らした。

たった一言だったが、それは彼の中で塞《せ》き止めていたものを壊《こわ》した。アリステアは、ずっと溜《た》め込んでいたものを吐《は》き出すように、言葉を重ねていく。

「銀提樹《ティリス》が崩壊《ほうかい》して、部下たちに助けられて、フェンリートが捕《と》らえられて、全部が終わった。なのに、お前だけはひとり眠《ねむ》り続けて……もう、二度と目を覚まさないんじゃないかと思った……もし、お前がいなくなってしまっていたら、俺は自分がどうなっていたか、想像もできない」

少しだけ腕の力を込めたアリステアに、エメラリアは初めて、彼をとてつもなくたくさん心配させていたことに気が付く。そして知る。それほど、エメラリアのことを大切に想ってくれていたことを。

「……大丈夫です。アリステア様。私はここにおります」

同じだけの想いを、それ以上の想いを、彼に返したい。

エメラリアは、アリステアの背に手を回した。

顔を伏《ふ》せていたアリステアが起き上がり、エメラリアを見つめた。

互《たが》いの瞳にはたったひとり。大切な人しか映らない。暗闇の時間は、これで本当に終わりだ。

「アリステア様が助けに来てくださったから、私はここにいられるんです。いなくなったりなどいたしません。どうか、もっとご自身に自信を持って、私のことを信頼《しんらい》してくださいませ」

エメラリアは伸《の》び上がる。鉛《なまり》のように重い身体は、伝えたい想いに比べれば、風で簡単に吹《ふ》き飛んでしまうほどちっぽけだ。

目を瞑《つぶ》って、アリステアの頬にある傷にそっとキスをした。

「……今のは……」

唇《くちびる》を離すと、さっきまでの憂《うれ》いはどこへ、というほど呆然《ぼうぜん》としたアリステアと目が合った。つい勢いでやってしまったが、その顔で我《われ》に返ったエメラリアを、たちまち恥ずかしさが襲《おそ》う。そういうことを、自分からしたことがほぼなかったのも原因かもしれない。

「ええと……その、戦いでできた傷は名誉《めいよ》の勲章《くんしょう》とも申しますから、アリステア様にはそれをわかっていただきたくて……ですが、あの……はしたなかったでしょうか？」

頬とはいえ、自分にしては少し羽目を外しすぎた行動だったと反省する。

しかし、してしまったものは今さら取り消すことはできない。こんなに近くては逃《に》げ場もない。エメラリアは小さくなって俯《うつむ》くのが精いっぱいだった。

「エメラリア……お前は、本当に……」

ところがどういうわけか、彼の声は甘い。

恐《おそ》る恐る顔を上げたら、ぎゅう、と抱きしめられ、続けざまに耳元で囁《ささや》かれた。

「俺にもさせてほしい」

「え……ですが、私の怪我《けが》は……」

エメラリアは、アリステアも自分がしたのと同じように、傷にキスがしたいのだと思った。けれど、エメラリアはアリステアが庇《かば》ってくれたおかげで、それらしい外傷は残っていない。どうするつもりなのだろうと、ちょっと暢気《のんき》に考えていた。

「ここにしたい」

だから、そう言って親指で唇を撫《な》でられたときには、心臓が飛び出そうなほどびっくりした。

「えっ⁉　あの、えぇ……？」

「嫌《いや》か？」

エメラリアの反応に、アリステアが微苦笑《びくしょう》を浮かべる。

結婚《けっこん》してそこそこ経《た》つが、アリステアと口付けしたことはない。結婚式でさえ、緊張《きんちょう》するエメラリアをアリステアが気遣《きづか》い、手の甲《こう》で済ませたくらいだ。しかもあのときは、好きも嫌《きら》いもなかった。

だが、今は違う。エメラリアはアリステアのことが好きなのだ。とても、好きなのだ。心臓はあのときの何十倍も何百倍も、ドキドキと音を立てて止《や》まないし、きっと顔は真っ赤だ。こんなところに口付けなんてされたら、どうにかなってしまう。

（……そう思うのに）

恋《こい》とは、不思議だ。

嫌じゃない。むしろ、アリステアにそうされたいと願っている。

エメラリアは、アリステアに羞恥《しゅうち》で潤《うる》んだ瞳を向けた。

「私……してほしい、です……アリステア様に……」

「ありがとう」

考えるエメラリアの返事をずっと待っていたアリステアは、答えを聞いて微笑《ほほえ》んだ。

そして、エメラリアを引き寄せ、反対の手は赤く染まった頬を滑る。

「エメラリア」

「はい……」

「――愛してる」

大事に、慈《いつく》しむように、アリステアが想《おも》いを紡《つむ》ぐ。

「私も……私も、愛しております……誰《だれ》よりも……」

エメラリアが返すと、アリステアが幸せそうに目を細めた。

引かれ合うように唇が重なる。

この日、エメラリアにはまたひとつ、大切な思い出ができた。

ほのかにひんやりとした、それでいて柔《やわ》らかな香《かお》りを含《ふく》んだ風が吹く。

いつの間にかやってきた暑い季節も終わりを迎《むか》え、過ごしやすい季節になった頃《ころ》のこと。

「すまないな。あんな事件があってからお前といる時間を増やそうと思っていたんだが、なかなかうまくいかなくて」

いつかの休日と同じようにラフな格好のアリステアが、申し訳なさそうに振《ふ》り返った。

「いいえ。前にもお伝えしたと思いますが、私はお仕事に励《はげ》むアリステア様が誇《ほこ》らしいのです。ですから、負い目など必要ございません」

足を進め横に並んだエメラリアは、穏《おだ》やかな表情でアリステアを見上げる。服装はアリステア同様、飾《かざ》り気のないドレスに身を包んでいた。

今日は、久しぶりに休みの取れたアリステアと外に遊びに来ていた。場所は王宮の敷地《しきち》内にある湖だ。エメラリアたちはその畔《ほとり》に立ち、ゆったりと話をしていた。

月日が経つのは早いもので、想いを伝え合ったあの日から、季節がひとつ通り過ぎてしまった。その間に、いろいろなことが終わり、また、始まろうとしていた。

アリステアは現在、担当者とともに戴冠式《たいかんしき》の最終調整に追われている。

また他《ほか》にも、現国王と第一王子の引き継《つ》ぎの手伝いもしているらしく、年も近しい王子とはけっこう親しくなったのだとか。

当然、引き継ぎ事項《じこう》の中には、ウェリタス家に関する秘密も含まれていた。父とヴィオは王子と謁見《えっけん》し、すべてを話した。皮肉なことだが、精霊《せいれい》の真実を知らされたのは、フェンリートが興味すら示さなかった王位を継ぐ、彼の兄だった。

そしてそのフェンリートに関しては、もうひとつ大きな問題がある。アリステアにも関係のある精霊の香水《こうすい》についてだ。

王宮の機関では、解除薬の製作が今なお進められているが、他人の魔法《まほう》を解くのは容易ではないらしく、こちらはもうしばらく時間がかかるとのことだった。

エメラリアとしては、日常生活で多少問題はあるものの、一番大きな気持ちの面での問題が解決したため、気長に待とうと思っている。

だが、アリステアは何か別の葛藤《かっとう》を抱《かか》えているらしく、

「これは、けじめだ。耐《た》えろ……俺は一度決めたことは曲げない……曲げない…………くっ、早くもとに戻《もど》りたい……」

と苦悶《くもん》している姿を度々《たびたび》目にしている。

本来であれば尋《たず》ねたほうがいいのだろうが、なんとなくあまり深掘《ふかぼ》りしては駄目《だめ》な内容

な気がして、そっとしておいている。きっと、完成した解除薬が解決することだろう。

……こんなふうに少しだけ気になることはあるが、アリステアとは仲睦《なかむつ》まじく。たとえ彼が仕事で忙《いそが》しくても、心はいつだって寄り添《そ》ってくれていると感じている。だからエメラリアも寄り添う。

前に、彼が口にしていた想い合う夫婦《ふうふ》とは、たぶんこういうものだったのだろう。

（……全然寂《さび》しくないと言ったら嘘《うそ》になるけれど）

エメラリアは、アリステアに近付き彼の袖《そで》を摘《つ》まんだ。

「わがままを少しだけ申しますと……たまにでいいので、こうして構っていただけると嬉《うれ》しい、かもしれません」

エメラリアのお願いに、アリステアは頬をゆるませて、袖を摑《つか》む手を搦《から》め捕《と》った。

「それは俺の台詞《せりふ》だな。エメラリアが俺の癒《い》やしなんだ。お前のことをまったく構えなくなるなんて、死ねと言われているようなものだ。もう俺は、エメラリアがいない未来なんて考えられない」

「死ぬだなんて……それは、少し大げさだと思います」

「なんだ。お前は違《ちが》うのか？」

同じことが当たり前だと言わんばかりのアリステアに、束《つか》の間エメラリアは逡巡《しゅんじゅん》した。

「……同じです」

「よかった。これで違うと言われたら、俺はお前にひどいことをしていたかもしれない」

「ひどいこと……？」

アリステアは、たまに見せるいたずらっ子のような顔をする。

エメラリアは首を傾《かし》げた。

「アリステア様が、私にですか……？　想像できません。それに、私はアリステア様にされて嫌なことなんてないと思います」

これでも真面目《まじめ》に考えたのに、なぜかアリステアは一瞬《いっしゅん》眉《まゆ》をひそめ、明後日《あさって》の方向を向いてしまった。

「無自覚なのはわかっているんだが……お前のそういうところは、本当に俺を駄目な人間にするな」

「え……？　――むっ!?」

言葉の意味がわからなくて尋ねようとしたら、突然《とつぜん》アリステアが身を屈《かが》めた。思考が追いつく前に、唇《くちびる》を塞《ふさ》がれる。

「ひどいこと……こういうことを、たくさんされても嫌じゃないか？」

唇を離《はな》したアリステアが近い距離《きょり》のまま尋ねてくる。

「嫌だなんて――」

「はーい、そこ。真っ昼間からイチャイチャしなーい」

　エメラリアが恥《は》ずかしくなって顔を逸《そ》らすと、ドスン、とわざとらしく大きな音が響《ひび》き渡《わた》った。

　驚《おどろ》いたエメラリアは、猫《ねこ》のようにアリステアから飛び退《の》く。

「まったく。一緒《いっしょ》に釣《つ》りしようって言ったのはそっちなのに、道具を俺ひとりに取りに行かせて、その間じゃれ合ってるとかひどくなーい？」

　来た道を見れば、じっとりとした目つきのヴィオが、担《かつ》いでいる釣り竿《ざお》をこれみよがしにびょんびょんと撓《しな》らせていた。足下《あしもと》にはバケツがあり、大きな音を立てた犯人はそれのようだ。

　フェンリートの事件では、足を怪我《けが》したヴィオもすっかり完治し、こうして出かけられるまでになっていた。一緒に釣りをすることになった理由は、ふたりが学生時代にしていたことを知りたいと思っていたエメラリアが、ヴィオにお願いしたのが始まりである。

　そして、今回参加者はヴィオの他にもうひとり。

「あら、ひとりじゃないでしょ？　私も手伝ってるじゃない」

　口を尖らすヴィオの後ろから、バケツを抱えたミルシェが顔を出した。

　ミルシェを誘《さそ》ったのもエメラリアだ。

　ヴィオ同様、今度の事件では、エメラリアが目の前で倒《たお》れたり、実の兄が捕《と》らえられたりと、彼女にとっても大変な出来事だった。自分にはこれくらいしかできないが、ミルシェには、煩《わずら》わしいことは忘れて、今日を純粋《じゅんすい》に楽しんでほしいと思っている。ちなみに、シシィはお留守番である。

「これで魚を釣るのよね？　私、本でしか見たことないの。ねぇ、早く教えて！」

「おっと、王女殿下《でんか》。釣り竿には針があるので、注意してくださいね。それに、まずやるのは餌《えさ》探しからです」

ヴィオがバケツからスコップを取り出す。

エメラリアという妹がいるせいか、ヴィオはなんだかんだで子どもの面倒見《めんどうみ》がいい。

ミルシェも、いろいろ珍《めずら》しいことを教えてくれるヴィオに、すっかり懐《なつ》いていた。

「と、いうわけで、釣りができるようになるまで時間あるからさ。アリスたちは散歩でもしてきなよ。せっかくゆっくりできるんだし、ちょっとはふたりで過ごしたら？」

この場所でイチャイチャされても困る。そんな意味もこもった視線を向けられ、エメラリアたちは照れながらその場を離れた。

「――きれいな色」

エメラリアは足下に落ちていた色鮮《いろあざ》やかな葉を拾い上げた。

葉は、橙色《だいだいいろ》から赤色に見事なグラデーションを描《えが》いている。

思い出すのは、アリステアとふたりで出かけたときに一緒に眺《なが》めた夕日。脳裏《のうり》に浮《う》かんだ情景に、胸がじんわりと温かくなった。

「……アリステア様は、やっぱりすごいお方ですね」

「それは嬉しい言葉だが、お前だって十分すごいと思うぞ」

「いいえ、そんなことありません。だって、昔の私なら紅葉で色付いた葉っぱを見つけても、きっと何も思いませんでした。こんなふうに拾い上げることもしなかったかもしれません。アリステア様がいなければ気が付けなかった世界です」

エメラリアは変わった。もちろん、いい意味で。

「アリステア様が私にくださるものは、大地を彩《いろど》る落ち葉に似ています。ひとつひとつの思い出が私のところに舞《ま》い落ちて、世界が色付いていくんです。私にとって、紅葉は愛の色です」

色付いた世界が――アリステアのくれる愛が、エメラリアを強くする。

たくさん積み重なって、どんなものにも負けないくらい強くなる。

「……紅葉は愛か」

アリステアはエメラリアと同じように一枚、鮮《あざ》やかな葉を拾い上げた。

「はい。これからも私の世界が色付いていくのだと思うと、とても楽しみなんです」

ふたりの手にある葉が、同じ大きさ、色、かたちでないように。エメラリアの世界も、色んな出来事や想《おも》いが、たくさん降り積もっていくだろう。

その中にはきっと、きれいではない想いもある。すれ違いも喧嘩《けんか》もするかもしれない。

でも、たとえそうだとしても、一番大切なことがわかっていれば、仲直りする方法はいくらだってあることもエメラリアは知った。

「なら俺は、その期待に応《こた》えられるように頑張《がんば》るとしよう。お前の世界をすべて染めてしまうくらい」

落ち葉を持つ手を伸《の》ばしたアリステアが、軽々とエメラリアの腰《こし》を引く。エメラリアも気持ちに応えるように、その上に自らの手を重ねた。

「してください。全部。私、頑張ってひとつ残らず抱《だ》きしめますから」

心からの笑顔《えがお》を向ける。

寄り添うふたりの向こう側で、愛に色付いた葉がまたひとひら、明るい未来を知らせるように静かに舞い落ちた。

あとがき

はじめまして。染椛《そめなぎ》あやると申します。
この度《たび》は、『マタタビ侯爵《こうしゃく》の愛し方』をお手に取ってくださり、ありがとうございます。

本作は、ヒロインが愛《いと》し子の物語はよく見るけれど、ヒーローを愛し子にするのも面白《おもしろ》そうだなと思い、書き始めたお話でした。ヒロインからの「好き（ただし愛し子として）」に悩《なや》んで拗《こじ》れろ〜と、妄想《もうそう》しながら書いてました。このあたりは、ヒロインのエメラリアが純粋極《じゅんすいきわ》めてる子なこともあって、アリステアはけっこう大変だったかもしれません。きっと今後も純粋な彼女には振《ふ》り回されることでしょう。

エメラリアやヴィオの先祖である古代精霊《せいれい》の樹《き》「銀提樹《ティリス》」は、主に二種類の菩提樹《ぼだいじゅ》をごちゃまぜにした空想上の植物です。「菩提樹って響《ひび》きも形もカッコイイよね」と、軽い気持ちで採用したのですが、なかなかファンタジーな役割を果たしてくれたような気がします。現実世界の自然は、優秀なファンタジー材料です。

メインふたり以外では、使用人ちゃんがお気に入りのキャラクターだったりします。黒幕がわかりやすいので、ちょっとした謎《なぞ》がほしくて生まれました。こういう役回りの子、嫌《きら》いになれません。しかし、実はそこそこ重要な人物でありながら、ウェブ掲載《けいさい》時には名前すらないという子でもありました。担当編集さまから名前がほしいとご相談を受けて、今に落ち着きました。結果的に名前を付けて正解だったと思います。

そして、素敵《すてき》なイラストはＳｈａｂｏｎ《シャボン》先生が描《か》いてくださいました。想像を遥《はる》かに超《こ》えたイケメン（アリステア）のラフをいただいたときには、どこの王子様かと思いました（笑）。エメラリアも細部まで可愛《かわい》らしく、アリステアに嫁入《よめい》りさせるのがもったいないくらいです。並んだふたりの姿を眺《なが》めてるだけで、あれよあれよという間に時間が過ぎ去ります。Ｓｈａｂｏｎ先生には、私のキャラクターに文字とは違《ちが》う命を宿していただき、本当に感謝いたします。

と、こうしてあとがきまで書いておりますが、初めて本が出るという経験に、未《いま》だ夢心地《ゆめごこち》だったりします。小説大賞で受賞して発刊……想像はしても、現実になるとは思いませんでした。今回その機会を与えてくださった「魔法《まほう》のｉらんど」の運営さま、ならびに選考に携《たずさ》わってくださった方々には、心より感謝申し上げます。

また、この本を出版するにあたって、お力添《ぞ》えくださったすべての皆様《みなさま》、特に担当編集さま、大変お世話になりました。重ねてお礼申し上げます。

最後に読者さま。本作はいかがだったでしょうか。何か心を揺《ゆ》さぶるものが書けていたなら、物を生み出す人間としてこれ以上嬉《うれ》しいことはありません。ままならないことが多い身ではありますが、どうか少しでもエメラリアたちが読者さまを楽しませてくれるよう祈《いの》っております。

染椛あやる

「マタタビ侯爵の愛し方 政略結婚の旦那様なのに、不本意ながら「好き」が止まりません！」の感想をお寄せください。

おたよりのあて先

〒102-8177 東京都千代田区富士見2-13-3

株式会社KADOKAWA 角川ビーンズ文庫編集部気付

「染椛あやる」先生・「Shabon」先生

また、編集部へのご意見ご希望は、同じ住所で「ビーンズ文庫編集部」までお寄せください。

マタタビ侯爵《こうしやく》の愛《あい》し方《かた》

政略結婚《せいりやくけつこん》の旦那様《だんなさま》なのに、不本意《ふほんい》ながら「好《す》き」が止《と》まりません！

染椛《そめなぎ》あやる

角川ビーンズ文庫 23279

令和4年8月1日 初版発行

発行者――青柳昌行

発 行――株式会社KADOKAWA

〒102-8177 東京都千代田区富士見2-13-3

電話 0570-002-301（ナビダイヤル）

印刷所――株式会社暁印刷

製本所――本間製本株式会社

装幀者――micro fish

●お問い合わせ

https://www.kadokawa.co.jp/（「お問い合わせ」へお進みください）

※内容によっては、お答えできない場合があります。

※サポートは日本国内のみとさせていただきます。

※Japanese text only

ISBN978-4-04-112898-5 C0193 定価はカバーに表示してあります。

◇◇◇

義妹が聖女だからと婚約破棄されましたが、私は妖精の愛し子です
WEB発話題作!!!
妖精に愛された公爵令嬢の、痛快シンデレラストーリー!
著／桜井《さくらい》ゆきな　イラスト／白谷《しろや》ゆう
“マーガレット様が聖女ではないのですか?”
聖女の力が発揮されず王子に婚約破棄された
公爵令嬢のマーガレット。
だが隠していた能力――妖精と会話できる姿を、
うっかり伯爵家の堅物・ルイスに見られてしまい!?
シリーズ好評発売中!!

●角川ビーンズ文庫●

遠い異国に嫁いだ日、王女フェリシアに前世の記憶が蘇る。
この世界は乙女ゲームで、王太子は異世界から来る聖女と
恋仲になり邪魔者は処刑！　破滅回避のため城を出るも、
王太子は甘い言葉でフェリシアを離さず !?

●角川ビーンズ文庫●